COLLECTION FOLIO

Marguerite Duras

Hiroshima mon amour

SCÉNARIO ET DIALOGUE

réalisation

ALAIN RESNAIS

Gallimard

ARGOS FILMS
COMO FILMS
DAIEI MOTION PICTURE COMPANY LTD
et
PATHE OVERSEAS PRODUCTIONS

présentent

EMMANUELLE RIVA EIJI OKADA

dans

HIROSHIMA MON AMOUR

*

Réalisation
ALAIN RESNAIS

*

Scénario et dialogues : MARGUERITE DURAS

*

Avec

STELLA DASSAS PIERRE BARBAUD
et
BERNARD FRESSON

*

Directeurs de la photographie
SACHA VIERNY TAKAHASHI MICHIO

Opérateurs

GOUPIL WATANABE et IODA

Lumière : ITO

*

Musique

GEORGES DELERUE GIOVANNI FUSCO

*

Montage

HENRI COLPI

JASMINE CHASNEY

Anne Sarraute

*

Décors

ESAKA MAYO

PETRI

Assistant décorateur : MIYAKUNI

*

Script : SYLVETTE BAUDROT

Assistants réalisateurs

T. ANDREFOUET I. SHIRAI

J.-P. LÉON ITOI

R. GUYONNET HARA

*

Assistants opérateurs

J. CHIABAULT Y. NOGATOMO

D. CLERVAL N. YAMAGUTSCHI

Régisseurs

R. Knabe — I. Ohashi

Accessoiristes

R. Jumeau — Ikeda

*

Chefs maquilleurs

A. Marcus — R. Toioda

Coiffeuse : Éliane Marcus
Costumier : Gérard Collery
Conseiller littéraire : Gérard Jarlot
Secrétaire de production : Nicole Seyler

*

Ingénieurs du son

P. Calvet — Yamamoto — R. Renault

Laboratoire : Éclair

Enregistrements : Marignan et Simo

Directeurs de production

SACHA KAMENKA

et

Shirakawa Takeo

*

Producteur délégue

SAMY HALFON

*

Visa ministériel n° 29.890

SYNOPSIS

Nous sommes dans l'été 1957, en août, à Hiroshima.

Une femme française, d'une trentaine d'années, est dans cette ville. Elle y est venue pour jouer dans un film sur la Paix.

L'histoire commence la veille du retour en France de cette Française. Le film dans lequel elle joue est en effet terminé. Il n'en reste qu'une séquence à tourner.

C'est la veille de son retour en France que cette Française, qui ne sera jamais nommée dans le film — cette femme anonyme — rencontrera un Japonais (ingénieur, ou architecte) et qu'ils auront ensemble une histoire d'amour très courte.

Les conditions de leur rencontre ne seront pas éclaircies dans le film. Car ce n'est pas là la question. On se rencontre partout dans le monde. Ce qui importe, c'est ce qui s'ensuit de ces rencontres quotidiennes.

Ce couple de fortune, on ne le voit pas au début du film. Ni elle. Ni lui. On voit en leur lieu et place des corps mutilés — à hauteur de la tête et des hanches — remuants — en proie soit à l'amour, soit à l'agonie — et recouverts successivement des cendres, des rosées, de la mort atomique — et des sueurs de l'amour accompli.

Ce n'est que peu à peu que de ces corps informes, anonymes, sortiront leurs corps à eux.

Ils sont couchés dans une chambre d'hôtel. Ils sont nus. Corps lisses. Intacts.

De quoi parlent-ils? Justement de HIROSHIMA.

Elle lui dit qu'elle a tout vu à HIROSHIMA. On voit ce qu'elle a vu. C'est horrible. Cependant que sa voix à lui, négatrice, taxera les images de mensongères et qu'il répétera, impersonnel, insupportable, qu'elle n'a rien vu à HIROSHIMA.

Leur premier propos sera donc allégorique. *Ce sera, en somme, un propos d'opéra.* Impossible de parler de HIROSHIMA. Tout ce qu'on peut faire c'est de parler de l'impossibilité de parler de HIROSHIMA. La *connaissance de Hiroshima* étant a priori posée comme un leurre exemplaire de l'esprit.

Ce début, ce défilé officiel des horreurs déjà célébrées de HIROSHIMA, évoqué dans un lit d'hôtel, cette évocation *sacrilège,* est volontaire. On peut parler de HIROSHIMA partout, même dans un lit d'hôtel, au cours d'amours de rencontre, d'amours adultères. Les deux corps des héros, réellement épris, nous le rappelleront. Ce qui est vraiment sacrilège, si sacrilège il y a, c'est HIROSHIMA même. Ce n'est pas la peine d'être hypocrite et de déplacer la question.

Si peu qu'on lui ait montré du *Monument Hiroshima*, ces misérables vestiges d'un *Monument de Vide*, le spectateur devrait sortir de cette évocation nettoyé de bien des préjugés et prêt à tout accepter de ce qu'on va lui dire de nos deux héros.

Les voici, justement, revenus à leur propre histoire.

Histoire banale, histoire qui arrive chaque jour, des milliers de fois. Le Japonais est marié, il a des enfants. La Française l'est aussi et elle a également deux enfants. Ils vivent une aventure d'une nuit.

Mais où? A HIROSHIMA.

Cette étreinte, si banale, si quotidienne, a lieu dans la ville du monde où elle est le plus difficile à imaginer : HIROSHIMA. Rien n'est « donné » à HIROSHIMA. Un halo particulier y auréole chaque geste, chaque parole, d'un sens supplémentaire à leur sens littéral. Et c'est là un des desseins majeurs du film, en finir avec la description de l'horreur par l'horreur, car cela a été fait par les Japonais eux-mêmes, mais faire renaître cette horreur de ces cendres en la faisant s'inscrire en un amour qui sera forcément particulier et « émerveillant ». Et auquel on croira davantage que s'il s'était produit partout ailleurs dans le monde, dans un endroit que la mort n'a pas *conservé*.

Entre deux êtres géographiquement, philosophiquement, historiquement, économiquement, racialement, etc., éloignés le plus qu'il est possible de l'être, HIROSHIMA sera le terrain commun (le seul au monde peut-être?) où les données universelles de l'érotisme, de l'amour, et du malheur apparaîtront sous une lumière implacable. Partout ailleurs qu'à HIROSHIMA, l'artifice est de mise. A HIROSHIMA, il ne peut pas exister sous peine, encore, d'être nié.

En s'endormant, ils parleront encore de HIROSHIMA. Différemment. Dans le désir et peut-être à leur insu, dans l'amour naissant.

Leurs conversations porteront à la fois sur eux-mêmes et sur HIROSHIMA. Et leurs propos seront mélangés, mêlés de telle façon, dès lors, *après l'opéra de* HIROSHIMA — qu'ils seront indiscernables les uns des autres.

Toujours leur histoire personnelle, aussi courte soit-elle, l'emportera sur HIROSHIMA.

Si cette condition n'était pas tenue, ce film, encore une fois, ne serait qu'un film de commande de plus, sans aucun intérêt sauf celui d'un documentaire romancé. Si cette condition est tenue, on aboutira à une espèce de faux documentaire qui sera bien plus probant de la leçon de HIROSHIMA qu'un documentaire de commande.

Ils se réveilleront. Et reparleront, tandis qu'elle s'habille. De chose et d'autre et aussi de HIROSHIMA. Pourquoi pas? C'est bien naturel. Nous sommes à HIROSHIMA.

Et elle apparaît tout à coup, complètement habillée en infirmière de la Croix-Rouge.

(Dans ce costume, qui est en somme l'uniforme de la vertu officielle, il la désirera de nouveau. Il voudra la revoir. Il est comme tout le monde, comme tous les hommes, *exactement*, et il y a dans ce déguisement un facteur érotique commun à tous les hommes. (Éternelle infirmière d'une guerre éternelle...)

Pourquoi, alors qu'elle aussi le désire, ne veut-elle pas le revoir? Elle n'en donne pas de raisons claires.

Au réveil, ils parleront aussi de son passé à elle.

Que s'est-il passé à NEVERS, dans sa ville natale, dans cette Nièvre où elle a été élevée? Que s'est-il passé dans sa vie pour qu'elle soit ainsi, si libre et traquée à la fois, si honnête et si malhonnête à la fois, si équivoque et si claire? Si désireuse de vivre des amours de rencontre? Si lâche devant l'amour?

Un jour, lui dit-elle, un jour à NEVERS, elle a été folle. Folle de méchanceté. Elle le dit, comme elle dirait qu'une fois, à NEVERS, elle a connu une intelligence décisive. De la même façon.

Si cet « incident » de NEVERS explique sa conduite actuelle à HIROSHIMA, elle n'en dit rien. Elle raconte l'incident de NEVERS comme autre chose. Sans en dire la cause.

Elle s'en va. Elle a décidé de ne pas le revoir.

Mais ils se reverront.

Quatre heures de l'après-midi. Place de la Paix à HIROSHIMA (ou devant l'hôpital).

Des cameramen s'éloignent (on ne les voit jamais dans le film que s'éloignant avec leur matériel). On défait des tribunes. On décroche les banderoles.

La Française dort à l'ombre (peut-être) d'une tribune que l'on défait.

On vient de tourner un film édifiant sur la Paix. Pas un film ridicule du tout, mais un film DE PLUS, c'est tout.

Un homme japonais passe dans la foule qui côtoie une fois de plus le décor du film qu'on vient de terminer. Cet homme est celui que nous avons vu le matin dans la chambre. Il voit la Française, s'arrête, va vers elle, la regarde dormir. Son regard à lui la réveille. Ils se regardent. Ils se désirent beaucoup. Il n'est pas là par hasard. Il est venu pour la revoir encore.

Le défilé aura lieu presque immédiatement après leur rencontre. C'est la dernière séquence du film qu'on tourne là. Défilés d'enfants, défilés d'étudiants. Chiens. Chats. Badauds. Tout HIROSHIMA sera là comme il l'est toujours lorsqu'il s'agit de servir la Paix dans le monde. Défilé déjà *baroque*.

La chaleur sera très grande. Le ciel sera menaçant. Ils attendront que passe le défilé. C'est pendant celui-ci, que lui, lui dira qu'il croit qu'il l'aime.

Il l'emmènera chez lui. Ils parleront très brièvement de leur existence respective.

Ce sont des gens heureux dans le mariage et qui ne cherchent ensemble aucune contrepartie à une infortune conjugale.

C'est chez lui, et pendant l'amour, qu'elle commencera à lui parler de Nevers.

Elle fuira encore de chez lui. Ils iront dans un café, sur le fleuve pour « tuer le temps avant son départ ». La nuit déjà.

Ils resteront là encore quelques heures. Leur amour augmentera en raison inverse du temps qu'il leur restera avant le départ de l'avion le lendemain matin.

C'est dans ce café qu'elle lui dira pourquoi elle a été folle à NEVERS.

Elle a été tondue à NEVERS, en 1944, à vingt ans. Son premier amant était un Allemand. Tué à la Libération.

Elle est restée dans une cave, tondue, à NEVERS. C'EST SEULEMENT LORSQUE HIROSHIMA est arrivé qu'elle a été assez décente pour sortir de cette cave et se mêler à la foule en liesse des rues.

Pourquoi avoir choisi ce malheur personnel? Sans doute parce qu'il est également, lui-même, un absolu. Tondre une fille parce qu'elle a aimé d'amour un ennemi officiel de son pays, est un absolu et d'horreur et de bêtise.

On verra NEVERS, comme dans la chambre, on l'a déjà vu. Et ils reparleront encore d'eux-mêmes. Imbrication encore une fois de NEVERS, et de l'amour, de HIROSHIMA et de l'amour. Tout se mélangera sans principe préconçu et de la façon dont ce mélange doit se faire chaque jour, partout, où sont les couples bavards du premier amour.

Elle partira encore de là. Elle le fuira encore.

Elle essaiera de rentrer à l'hôtel, d'assagir son humeur, n'y arrivera pas, ressortira de l'hôtel et retournera vers le café qui, alors, sera fermé. Et restera là. Se souviendra de NEVERS (monologue intérieur), donc de l'amour même.

L'homme l'a suivie. Elle s'en aperçoit. Elle le regarde. Ils se regardent, dans l'amour le plus grand. Amour sans emploi, égorgé comme celui de NEVERS. Donc relégué déjà dans l'oubli. Donc perpétuel. (Sauvegardé par l'oubli même.)

Elle ne le rejoindra pas.

Elle traînera à travers la ville. *Et lui la suivra comme il suivrait une inconnue.* A un moment donné, il l'abordera et il lui demandera de rester à HIROSHIMA, comme dans un *aparté.* Elle dira non. Refus de tout le monde. Lâcheté commune *.

Les jeux sont faits, vraiment, pour eux.

Il n'insistera pas.

Elle traînera à la gare. Lui la rejoindra. Ils se regarderont comme des ombres.

Plus un mot à se dire à partir de là. L'imminence du départ les cloue dans un silence funèbre.

Il s'agit bien d'amour. Ils ne peuvent plus que se taire. Une scène extrême aura lieu dans un café. On l'y retrouvera en compagnie d'un autre Japonais.

Et à une table on retrouvera celui qu'elle aime, complètement immobile, sans aucune réaction que celle d'un désespoir librement consenti, mais qui le dépasse *physiquement.* C'est déjà comme si elle était à « d'autres ». Et lui ne peut que le comprendre.

* Note : Certains spectateurs du film ont cru qu'elle « finissait » par rester à Hiroshima. C'est possible. Je n'ai pas d'avis. L'ayant amenée à la limite de son refus de rester à Hiroshima, nous ne nous sommes pas préoccupés de savoir si — le film fini — elle arrivait à transgresser son refus.

A l'aurore, elle rentrera dans sa chambre. Lui, frappera à la porte quelques minutes après. Il n'aura pas pu éviter cela. « Impossible d'éviter de venir », s'excusera-t-il.

Et dans la chambre *rien* n'aura lieu. Ils en seront réduits l'un et l'autre à une impuissance mutuelle terrifiante. La chambre « *l'ordre du monde* », restera, autour d'eux qu'ils ne dérangeront plus jamais.

Pas d'aveux échangés. Plus un geste.

Simplement, ils s'appelleront encore. Quoi? NEVERS, HIROSHIMA. Ils ne sont en effet encore personne à leurs yeux respectifs. Ils ont des noms de lieu, des noms qui n'en sont pas. C'est, comme si le désastre d'une femme tondue à NEVERS et le désastre de HIROSHIMA se répondaient EXACTEMENT.

Elle lui dira : « Hiroshima, c'est ton nom. »

AVANT-PROPOS

J'ai essayé de rendre compte le plus fidèlement qu'il a été possible, du travail que j'ai fait pour A. Resnais dans Hiroshima mon amour.

Qu'on ne s'étonne donc pas que l'image *d'A. Resnais ne soit pratiquement jamais* décrite *dans ce travail.*

Mon rôle se borne à rendre compte des éléments à partir desquels *Resnais a fait son film.*

Les passages sur Nevers qui ne faisaient pas partie du scénario initial (juillet 58) ont été commentés *avant le tournage en France (décembre 58). Ils font donc l'objet d'un travail séparé du script* (*voir appendice :* Les Évidences nocturnes).

J'ai cru bon de conserver un certain nombre de choses abandonnées du film dans la mesure où elles éclairent utilement le projet initial.

Je livre ce travail à l'édition dans la désolation de ne pouvoir le compléter par le compte rendu des conversations presque quotidiennes que nous avions, A. Resnais et moi, d'une part, G. Jarlot et moi, d'autre part, A. Resnais, G. Jarlot et moi, d'autre part encore. Je n'ai jamais pu me passer de leurs conseils, je n'ai jamais abordé un épisode de mon travail sans leur soumettre celui qui précédait, écouter leurs critiques, à la fois exigeantes, lucides et fécondes.

Marguerite Duras.

PARTIE I

[*Le film s'ouvre sur le développement du fameux « champignon » de* BIKINI.

Il faudrait que le spectateur ait le sentiment, à la fois, de revoir et de voir ce « champignon » pour la première fois.

Il faudrait qu'il soit très grossi, très ralenti, et que son développement s'accompagne des premières mesures de G. Fusco.

A mesure que ce « champignon » s'élève sur l'écran, au-dessous de lui] *, *apparaissent, peu à peu, deux épaules nues.*

On ne voit que ces deux épaules, elles sont coupées du corps à la hauteur de la tête et des hanches.

Ces deux épaules s'étreignent et elles sont comme trempées de cendres, *de* pluie, *de* rosée *ou de* sueur, *comme on veut.*

Le principal c'est qu'on ait le sentiment que cette rosée, cette transpiration, a été déposée par [*le « champignon » de* BIKINI], *à mesure de son éloignement, à mesure de son évaporation.*

* Ce qui est entre crochets est abandonné.

Il devrait en résulter un sentiment très violent, très contradictoire, de fraîcheur et de désir.

Les deux épaules étreintes sont de différente couleur, l'une est sombre et l'autre est claire.

La musique de Fusco accompagne cette étreinte presque choquante.

La différenciation des deux mains respectives devrait être très marquée.

La musique de Fusco s'éloigne. Une main de femme, [*très agrandie*], *reste posée sur l'épaule jaune, posée est une façon de parler, agriffée conviendrait mieux.*

Une voix d'homme, mate et calme, récitative, annonce :

LUI

Tu n'as *rien* vu à Hiroshima. Rien.

A utiliser à volonté.

Une voix de femme, très voilée, mate *également, une voix de* lecture récitative, *sans ponctuation, répond :*

ELLE

J'ai *tout* vu. *Tout.*

La musique de Fusco reprend, juste le temps que la main de femme se resserre encore sur l'épaule, qu'elle la lâche, qu'elle la caresse, et qu'il reste sur cette épaule jaune la marque des ongles de la main blanche.

Comme si la griffure pouvait donner l'illusion d'être une sanction du : « Non, tu n'as rien vu à Hiroshima. »

Puis la voix de femme reprend, calme, également récitative et terne :

ELLE

Ainsi l'hôpital, je l'ai vu. J'en suis sûre. L'hôpital existe à Hiroshima. Comment aurais-je pu éviter de le voir?

*L'hôpital, couloirs, escaliers, malades dans le dédain suprême de la camera *. (On ne la voit jamais en train de voir.)*

On revient à la main maintenant agriffée sans relâche sur l'épaule de couleur jaune.

LUI

Tu n'as pas vu d'hôpital à Hiroshima. Tu n'as rien vu à Hiroshima.

Ensuite la voix de la femme se fait plus, plus impersonnelle. Faisant un sort (abstrait) à chaque mot.

*Voici le musée qui défile **. De même que sur l'hôpital lumière aveuglante, laide.*

Panneaux documentaires.

* A partir du texte initial très schématique, Resnais a rapporté un grand nombre de documents du Japon. De ce fait le texte initial a été non seulement débordé mais modifié et considérablement augmenté pendant le montage du film.

** On revient régulièrement aux corps assemblés.

Pièces à conviction du bombardement.
Maquettes.
Fers ravagés.
Peaux, chevelures brûlées, en cire.
Etc.

ELLE

Quatre fois au musée...

LUI

Quel musée à Hiroshima?

ELLE

Quatre fois au musée à Hiroshima. J'ai vu les gens se promener. Les gens se promènent, pensifs, à travers les photographies, les reconstitutions, faute d'autre chose, à travers les photographies, les photographies, les reconstitutions, faute d'autre chose, les explications, faute d'autre chose.

Quatre fois au musée à Hiroshima.

J'ai regardé les gens. J'ai regardé moi-même pensivement, le fer. Le fer brûlé. Le fer brisé, le fer devenu vulnérable comme la chair. J'ai vu des capsules en bouquet : qui y aurait pensé? Des peaux humaines flottantes, survivantes, encore dans la fraîcheur de leurs souffrances. Des pierres. Des pierres brûlées. Des pierres éclatées. Des chevelures anonymes que les femmes de Hiroshima retrouvaient tout entières tombées le matin, au réveil.

J'ai eu chaud place de la Paix. Dix mille degrés sur la place de la Paix. Je le sais. La température du soleil sur la place de la Paix. Comment l'ignorer?... L'herbe, c'est bien simple...

LUI

Tu n'as rien vu à Hiroshima, rien.

Le musée défile toujours.

Puis à partir de la photo d'un crâne brûlé, on découvre la place de la Paix (qui continue *ce crâne).*

Vitrines du musée avec les mannequins brûlés.

Séquences de films japonais de (reconstitution) sur Hiroshima.

L'homme échevelé.

Une femme sort du chaos, etc.

ELLE

Les reconstitutions ont été faites le plus sérieusement possible.

Les films ont été faits le plus sérieusement possible.

L'illusion, c'est bien simple, est tellement parfaite que les touristes pleurent.

On peut toujours se moquer mais que peut faire d'autre un touriste que, justement, pleurer?

ELLE

[...que justement pleurer afin de supporter ce

spectacle abominable entre tous. Et d'en sortir suffisamment attristé pour ne pas perdre la raison].

ELLE

[Les gens restent là, pensifs. Et sans ironie aucune, on doit pouvoir dire que les occasions de rendre les gens pensifs sont toujours excellentes. Et que les monuments, dont quelquefois on sourit, sont cependant les meilleurs prétextes à ces occasions...]

ELLE

[A ces occasions... de penser. D'habitude, il est vrai, lorsque l'occasion de penser vous est offerte... avec ce luxe... on ne pense rien. N'empêche que le spectacle des autres que l'on suppose être en train de penser est encourageant.]

ELLE

J'ai toujours pleuré sur le sort de Hiroshima. Toujours.

Panoramique sur une photo de Hiroshima prise après la bombe, un « désert nouveau » sans référence aux autres déserts du monde.

LUI

Non.
Sur *quoi* aurais-tu pleuré?

La place de la Paix défile, vide sous un

soleil éclatant qui rappelle celui de la bombe, aveuglante. Et sur ce vide, encore une fois, la voix de l'homme :

On erre sur la place vide (à 13 heures?).

Les bandes d'actualités prises après le 6 août 45.

Fourmis, vers, sortent de terre.

L'alternance des épaules continue. La voix féminine reprend, devenue folle, en même temps que les images défilent, devenues folles elles aussi.

ELLE

J'ai vu les actualités.

Le deuxième jour, dit l'Histoire, je ne l'ai pas inventé, dès le deuxième jour, des espèces animales précises ont resurgi des profondeurs de la terre et des cendres.

Des chiens ont été photographiés.

Pour toujours.

Je les ai vus.

J'ai *vu* les actualités.

Je les *ai vues.*

Du premier jour.

Du deuxième jour.

Du troisième jour.

LUI, *il lui coupe la parole.*

Tu n'as rien vu. Rien.

Chien amputé.
Gens, enfants.

Plaies.
Enfants brûlés hurlant.

ELLE

...du quinzième jour aussi.

Hiroshima se recouvrit de fleurs. Ce n'étaient partout que bleuets et glaïeuls, et volubilis et belles-d'un-jour qui renaissaient des cendres avec une extraordinaire vigueur, inconnue jusque-là chez les fleurs *.

ELLE

Je n'ai *rien* inventé.

LUI

Tu as *tout* inventé.

ELLE

Rien.

De même que dans l'amour cette illusion existe, cette illusion de pouvoir ne jamais oublier, de même j'ai eu l'illusion devant Hiroshima que jamais je n'oublierai.

De même que dans l'amour.

* Cette phrase est presque textuellement une phrase de Hershey dans son admirable reportage sur Hiroshima. Je n'ai fait que la reporter sur les enfants martyrs.

Des pinces chirurgicales s'approchent d'un œil pour l'extraire.
Les actualités continuent.

ELLE

J'ai vu aussi les rescapés et ceux qui étaient dans les ventres des femmes de Hiroshima.

Un bel enfant se tourne vers nous. Alors nous voyons qu'il est borgne.
Une jeune fille brûlée se regarde dans un miroir.
Une autre jeune fille aveugle aux mains tordues joue de la cithare.
Une femme prie auprès de ses enfants qui meurent.
Un homme se meurt de ne plus dormir depuis des années. (Une fois par semaine, on lui amène ses enfants.)

ELLE

J'ai vu la patience, l'innocence, la douceur apparente avec lesquelles les survivants provisoires de Hiroshima s'accommodaient d'un sort tellement injuste que l'imagination d'habitude pourtant si féconde, devant eux, se ferme.

Toujours on revient à l'étreinte si parfaite des corps.

ELLE, *bas.*

Écoute...
Je sais...
Je sais *tout.*
Ça a continué.

LUI

Rien. Tu ne sais *rien.*

Nuage atomique.
Atomium qui tourne.
Des gens dans des rues marchent sous la pluie.
Pêcheurs atteints par la radio-activité.
Un poisson non comestible.
Des milliers de poissons non comestibles enterrés.

ELLE

Les femmes risquent d'accoucher d'enfants mal venus, de monstres, mais ça continue.
Les hommes risquent d'être frappés de stérilité, mais ça continue.
La pluie fait peur.
Des pluies de cendres sur les eaux du Pacifique.
Les eaux du Pacifique tuent.
Des pêcheurs du Pacifique sont morts.
La nourriture fait peur.
On jette la nourriture d'une ville entière.
On enterre la nourriture de villes entières.

Une ville entière se met en colère.
Des villes entières se mettent en colère.

Actualités : des manifestations.

ELLE

Contre qui, la colère des villes entières?
La colère des villes entières qu'elles le veuillent ou non, contre l'inégalité posée en principe par certains peuples contre d'autres peuples, contre l'inégalité posée en principe par certaines races contre d'autres races, contre l'inégalité posée en principe par certaines classes contre d'autres classes.

Cortèges de manifestants.
Discours « muets » dans les haut-parleurs.

ELLE, *bas.*

... Écoute-moi.
Comme toi, je connais l'oubli.

LUI

Non, tu ne connais pas l'oubli.

ELLE

Comme toi, je suis douée de mémoire. Je connais l'oubli.

LUI

Non, tu n'es pas douée de mémoire.

ELLE

Comme toi, moi aussi, j'ai essayé de lutter de toutes mes forces contre l'oubli. Comme toi, j'ai oublié. Comme toi, j'ai désiré avoir une inconsolable mémoire, une mémoire d'ombres et de pierre.

L'ombre « photographiée » sur la pierre d'un disparu de Hiroshima.

ELLE

J'ai lutté pour mon compte, de toutes mes forces, chaque jour, contre l'horreur de ne plus comprendre du tout le pourquoi de se souvenir. Comme toi, j'ai oublié...

Boutiques où, à cent exemplaires, se trouve le modèle réduit du Palais de l'Industrie, seul monument dont la charpente tordue est restée debout après la bombe — et qui a été conservé ainsi depuis.

Boutique abandonnée.

Car de touristes japonais.

Touristes, place de la Paix.

Chat traversant la place de la Paix.

ELLE

Pourquoi nier l'évidente nécessité de la mémoire?...

Phrase scandée sur les plans du squelette du Palais de l'Industrie.

ELLE

... Écoute-moi. Je sais encore. Ça recommencera.

Deux cent mille morts.

Quatre-vingt mille blessés.

En neuf secondes. Ces chiffres sont officiels. Ça recommencera.

Arbres.
Église.
Manège.
Hiroshima reconstruit. Banalité.

ELLE

Il y aura dix mille degrés sur la terre. Dix mille soleils, dira-t-on. L'asphalte brûlera.

Église.
Réclame japonaise.

ELLE

Un désordre profond régnera. Une ville entière sera soulevée de terre et retombera en cendres...

Du sable. Un paquet de cigarettes « Peace ». Une plante grasse étalée comme une araignée sur du sable.

ELLE

Des végétations nouvelles surgissent des sables...

Quatre étudiants « morts » bavardent au bord du fleuve.

Le fleuve.

Les marées.

Les quais quotidiens de Hiroshima reconstruite.

ELLE

... Quatre étudiants attendent ensemble une mort fraternelle et légendaire.

Les sept branches de l'estuaire en delta de la rivière Ota se vident et se remplissent à l'heure habituelle, très précisément aux heures habituelles d'une eau fraîche et poissonneuse, grise ou bleue suivant l'heure et les saisons. Des gens ne regardent plus le long des berges boueuses la lente montée de la marée dans les sept branches de l'estuaire en delta de la rivière Ota.

Le ton récitatif cesse.

Les rues de Hiroshima, les rues encore. Des ponts.

Passages couverts.

Rues.

Banlieue. Rails.
Banlieue.
Banalité universelle.

ELLE

... Je te rencontre.
Je me souviens de toi.
Qui es-tu?
Tu me tues.
Tu me fais du bien.
Comment me serais-je doutée que cette ville était faite à la taille de l'amour?
Comment me serais-je doutée que tu étais fait à la taille de mon corps même?
Tu me plais. Quel événement. Tu me plais.
Quelle lenteur tout à coup.
Quelle douceur.
Tu ne peux pas savoir.
Tu me tues.
Tu me fais du bien.
Tu me tues.
Tu me fais du bien.
J'ai le temps.
Je t'en prie.
Dévore-moi.
Déforme-moi jusqu'à la laideur.
Pourquoi pas toi?
Pourquoi pas toi dans cette ville et dans cette nuit pareille aux autres au point de s'y méprendre?
Je t'en prie...

Très brutalement, le visage de la femme apparaît très tendre, tendu vers le visage de l'homme.

ELLE

C'est fou ce que tu as une belle peau.

Gémissement heureux de l'homme.

ELLE

Toi...

Le visage du Japonais apparaît après celui de la femme dans un rire extasié (éclaté), qui n'est pas de mise dans le propos. Il se retourne :

LUI

Moi, oui. Tu m'auras vu.

Les deux corps nus apparaissent. Même voix de femme, très voilée, mais cette fois, non déclamatoire.

ELLE

Tu es complètement japonais ou tu n'es pas complètement japonais?

LUI

Complètement. Je suis japonais.

LUI

Tu as les yeux verts. C'est bien ça?

ELLE

Oh, je crois..., oui... je crois qu'ils sont verts.

Il la regarde. Affirme doucement :

LUI

Tu es comme mille femmes ensemble...

ELLE

C'est parce que tu ne me connais pas. C'est pour ça.

LUI

Peut-être pas tout à fait pour cela seulement.

ELLE

Cela ne me déplaît pas, d'être mille femmes ensemble pour toi.

Elle lui embrasse l'épaule et se cale la tête

dans le creux de cette épaule. Elle a la tête tournée vers la fenêtre ouverte, vers Hiroshima, la nuit. Un homme passe dans la rue et tousse. (On ne le voit pas, on l'entend seulement.) Elle se relève.

ELLE

Écoute... C'est quatre heures...

LUI

Pourquoi?

ELLE

Je ne sais pas qui c'est. Tous les jours il passe à quatre heures. Et il tousse.

Silence. Ils se regardent.

ELLE

Tu y étais, toi, à Hiroshima...

Il rit, comme à un enfantillage.

LUI

Non... bien sûr.

Elle lui caresse l'épaule nue encore une fois. Cette épaule est effectivement belle, intacte.

ELLE

Oh. C'est vrai... Je suis bête.

Presque souriante.

Il la regarde tout à coup, sérieux et hésitant, puis il finit par le lui dire :

LUI

Ma famille, elle, était à Hiroshima. Je faisais la guerre.

Elle arrête son geste sur l'épaule.

Timidement, cette fois, avec un sourire, elle demande :

ELLE

Une chance, quoi?

Il la quitte du regard, pèse le pour et le contre :

LUI

Oui.

Elle ajoute, très gentille mais affirmative :

ELLE

Une chance pour moi aussi.

Un temps.

LUI

Pourquoi tu es à Hiroshima?

ELLE

Un film.

LUI

Quoi, un film?

ELLE

Je joue dans un film.

LUI

Et avant d'être à Hiroshima, où étais-tu?

ELLE

A Paris.

Un temps encore, encore plus long.

LUI

Et avant d'être à Paris?...

ELLE

Avant d'être à Paris?... J'étais à Nevers. *Ne-vers.*

LUI

Nevers?

ELLE

C'est dans la Nièvre. Tu ne connais pas.

Un temps. Il demande, comme s'il venait de découvrir un lien HIROSHIMA-NEVERS :

LUI

Et pourquoi voulais-tu voir tout à Hiroshima?

Elle fait un effort de sincérité :

ELLE

Ça m'intéressait. J'ai mon idée là-dessus. Par exemple, tu vois, de bien regarder, je crois que ça s'apprend.

PARTIE II

Il passe dans la rue un essaim de bicyclettes qui roule en roue libre, dans un bruit qui s'amplifie et décroît.

Elle est en peignoir de bain sur le balcon de la chambre d'hôtel. Elle le regarde. Elle tient à la main une tasse de café.

Lui dort encore. Il a les bras en croix, il est allongé sur le ventre. Il est nu jusqu'à la ceinture.

[*Un rayon de soleil entre par les rideaux et fait sur son dos un petit signe, comme deux traits croisés (ou taches ovales).*]

Elle regarde avec une intensité anormale ses mains qui frémissent doucement comme quelquefois, dans le sommeil, celles des enfants. Ses mains sont très belles, très viriles.

Tandis qu'elle regarde ses mains, il apparaît brutalement à la place du Japonais, le corps d'un jeune homme, dans la même pose, mais mortuaire, sur le quai d'un fleuve, en plein soleil. (La chambre est dans la pénombre.) Ce jeune homme agonise. Ses mains sont également très belles, ressemblant étonnamment à celles du Japonais. Elles sont agitées des soubresauts de l'agonie. [On ne voit pas le vêtement que porte cet homme parce qu'une jeune femme est allongée sur son corps, bouche contre bouche. Les larmes qui coulent de ses yeux se mêlent au sang qui coule de sa bouche.]

[La femme — celle-ci — a les yeux fermés. Tandis que l'homme sur lequel elle est allongée a les yeux fixes de l'agonie.]

L'image dure très peu de temps.

Elle est figée dans sa pose, adossée à la fenêtre. Il se réveille. Il lui sourit. Elle, ne lui sourit pas immédiatement. Elle continue à le regarder attentivement, sans changer de pose. Puis elle lui apporte le café.

ELLE

Tu veux du café?

Il acquiesce. Il prend la tasse. Un temps.

ELLE

A quoi tu rêvais?

LUI

Je ne sais plus... Pourquoi?

Elle est redevenue naturelle, très très gentille.

ELLE

Je regardais tes mains. Elles bougent quand tu dors.

Il regarde ses propres mains, à son tour, avec étonnement et il joue peut-être à faire bouger ses doigts.

LUI

C'est quand on rêve, peut-être, sans le savoir.

Avec calme, gentillesse, elle fait un signe dubitatif.

ELLE

Hum, hum.

Ils sont ensemble sous la douche de la chambre d'hôtel. Ils sont gais.

Il pose la main sur son front de telle manière qu'il lui renverse la tête en arrière.

LUI

Tu es une belle femme, tu le sais?

ELLE

Tu trouves?

LUI

Je trouve.

ELLE

Un peu fatiguée. Non?

Il a un geste sur sa figure, la déforme. Rit.

LUI

Un peu laide.

Elle sourit sous la caresse.

ELLE

Ça ne fait rien?

LUI

C'est ce que j'ai remarqué hier soir dans ce café. La façon dont tu es laide. Et puis...

ELLE, *très détendue.*

Et puis?...

LUI

Et puis comment tu t'ennuyais.

Elle a vers lui un geste de curiosité.

ELLE

Dis-moi encore...

LUI

Tu t'ennuyais de la façon qui donne aux hommes l'envie de connaître une femme.

Elle sourit, baisse les yeux.

ELLE

Tu parles bien le français.

Ton gai :

LUI

N'est-ce pas? Je suis content que tu remarques enfin comme je parle bien le français.

Un temps.

LUI

Moi, je n'avais pas remarqué que tu ne parlais pas le japonais...
Est-ce que tu avais remarqué que c'est toujours dans le même sens que l'on remarque les choses?

ELLE

Non. Je t'ai remarqué toi, c'est tout.

Rires.

Après le bain. Elle prend le temps de croquer une pomme, cheveux mouillés. En peignoir de bain. Elle est sur le balcon, le regarde, s'étire, et comme pour faire le « point » à leur situation, dit lentement, avec une sorte de « délectation » des mots.

ELLE

Se connaître-à-Hiroshima. C'est pas tous les jours.

Il vient la retrouver sur le balcon, il s'assied en face d'elle, habillé déjà. (En chemise, col ouvert.)

Après une hésitation, il demande :

LUI

Qu'est-ce que c'était pour toi, Hiroshima en France?

ELLE

La fin de la guerre, je veux dire, complètement. La stupeur... à l'idée qu'on ait osé... la stupeur à l'idée qu'on ait réussi. Et puis aussi, pour nous, le commencement d'une peur inconnue. Et puis, l'indifférence, la peur de l'indifférence aussi...

LUI

Où étais-tu?

ELLE

Je venais de quitter Nevers. J'étais à Paris. Dans la rue.

LUI

C'est un joli mot français, Nevers.

Elle ne répond pas tout de suite.

ELLE

C'est un mot comme un autre. Comme la ville.

Elle s'éloigne.

Il est assis sur le lit, il allume une cigarette, la regarde intensément.

[*Son ombre à elle, s'habillant, passe sur lui, de temps à autre. Elle passe justement sur lui.*] *Il demande :*

LUI

Tu as connu beaucoup de Japonais à Hiroshima?

ELLE

Ah, j'en ai connu, oui... mais comme toi... *(avec évidence)*, non...

Il sourit. Gaieté.

LUI

Je suis le premier Japonais de ta vie?

ELLE

Oui.

On entend son rire. Elle réapparaît au cours de sa toilette et dit (très ponctué) :

ELLE

Hi-ro-shi-ma. [Il faut que je ferme les yeux pour me souvenir... je veux dire me souvenir comment, en France, avant de venir ici, je m'en souvenais, de Hiroshima. C'est toujours la même histoire, avec les souvenirs.]

Il baisse les yeux, très calme.

LUI

Le monde entier était joyeux. Tu étais joyeuse avec le monde entier.

Il continue, sur le même ton.

LUI

C'était un beau jour d'été à Paris, ce jour-là, j'ai entendu dire, n'est-ce pas?

ELLE

Il faisait beau, oui.

LUI

Quel âge avais-tu?

ELLE

Vingt ans. Et toi?

LUI

Vingt-deux ans.

ELLE

Le même âge, quoi?

LUI

En somme, oui.

Elle apparaît complètement habillée, au moment où elle est en train d'ajuster sa coiffe d'infirmière (car c'est en infirmière de la

Croix-Rouge qu'elle apparaît). Elle s'accroupit près de lui dans un geste subit, ou s'allonge près de lui.

Elle joue avec sa main. Elle embrasse son bras nu.

Une conversation courante s'engage.

ELLE

Qu'est-ce que tu fais, toi, dans la vie?

LUI

De l'architecture. Et puis aussi de la politique.

ELLE

Ah, c'est pour ça que tu parles si bien le français?

LUI

C'est pour ça. Pour lire la Révolution française.

Ils rient.

Elle ne s'étonne pas. Toute précision sur la politique qu'il fait est absolument impossible parce qu'elle serait immédiatement étiquetée. De plus, elle serait naïve. Ne pas oublier que seul un homme de gauche peut dire ce qu'il vient de dire.

Que la chose sera immédiatement prise ainsi par le spectateur. Surtout après son propos sur Hiroshima.

LUI

Qu'est-ce que c'est le film dans lequel tu joues?

ELLE

Un film sur la Paix.
Qu'est-ce que tu veux qu'on tourne à Hiroshima sinon un film sur la Paix?

Il passe un essaim de bicyclettes assourdissantes. [Le désir revient entre eux.]

LUI

Je voudrais te revoir.

Elle fait signe que non.

ELLE

A cette heure-ci, demain, je serai repartie pour la France.

LUI

C'est vrai? Tu ne m'avais pas dit.

ELLE

C'est vrai. *(Un temps.)* C'était pas la peine que je te le dise.

Il devient sérieux, dans sa stupéfaction.

LUI

C'est pour ça que tu m'as laissé monter dans ta chambre hier soir?... parce que c'était ton dernier jour à Hiroshima?

ELLE

Pas du tout. Je n'y ai même pas pensé.

LUI

Quand tu parles, je me demande si tu mens ou si tu dis la vérité.

ELLE

Je mens. Et je dis la vérité. Mais à toi je n'ai pas de raisons de mentir. Pourquoi?...

LUI

Dis-moi..., ça t'arrive souvent des histoires comme... celle-ci?

ELLE

Pas tellement souvent. Mais ça m'arrive. J'aime bien les garçons...

Un temps.

ELLE

Je suis d'une moralité douteuse, tu sais.

Elle sourit.

LUI

Qu'est-ce que tu appelles être d'une moralité douteuse?

Ton très léger.

ELLE

Douter de la morale des autres.

Il rit beaucoup.

LUI

Je voudrais te revoir. Même si l'avion part demain matin. Même si tu es d'une moralité douteuse.

Un temps. Celui de l'amour revenu.

ELLE

Non.

LUI

Pourquoi?

ELLE

Parce que. *(Agacée.)*

Il ne parle plus.

ELLE

Tu ne veux plus me parler?

LUI, *après un temps.*

Je voudrais te revoir.

Ils sont dans le couloir de l'hôtel.

LUI

Où vas-tu en France? A Nevers?

ELLE

Non. A Paris. *(Un temps.)* A Nevers, non je ne vais plus jamais.

LUI

Jamais?

Elle fait une sorte de grimace, ce disant.

ELLE

Jamais.

Facultatif.

[Nevers est une ville qui me fait mal.]
[Nevers est une ville que je n'aime plus.]
[Nevers est une ville qui me fait peur.]

Elle ajoute, prise à son jeu.

ELLE

C'est à Nevers que j'ai été le plus jeune de toute ma vie...

LUI

Jeune-à-Ne-vers.

ELLE

Oui. Jeune à Nevers. Et puis aussi, une fois, folle à Nevers.

Ils sont devant l'hôtel, ils font les cent pas. Elle attend l'auto qui doit venir la prendre pour la mener place de la Paix. Il y a peu de monde. Mais les autos passent sans arrêt. C'est un boulevard. Dialogue presque crié à cause du bruit des autos.

ELLE

Nevers, tu vois, c'est la ville du monde, et même c'est la chose du monde à laquelle, la nuit, je rêve le plus. En même temps que c'est la chose du monde à laquelle je pense le moins.

LUI

Comment c'était ta folie à Nevers?

ELLE

C'est comme l'intelligence, la folie, tu sais. On ne peut pas l'expliquer. Tout comme l'intelligence. Elle vous arrive dessus, elle vous remplit et alors on la comprend. Mais, quand elle vous quitte, on ne peut plus la comprendre du tout.

LUI

Tu étais méchante?

ELLE

C'était ça ma folie. J'étais folle de méchanceté. Il me semblait qu'on pouvait faire une véritable carrière dans la méchanceté. Rien ne me disait que la méchanceté. Tu comprends?

LUI

Oui.

ELLE

C'est vrai que ça aussi tu dois le comprendre.

LUI

Ça n'a jamais recommencé, pour toi?

ELLE

Non. C'est fini *(tout bas)*.

LUI

Pendant la guerre?

ELLE

Tout de suite après.

Un temps.

LUI

Ça faisait partie des difficultés de la vie française après la guerre?

ELLE

Oui, on peut le dire comme ça.

LUI

Quand cela a-t-il passé, pour toi, la folie?

Trop bas, comme cela devrait *être dit :*

ELLE

Petit à petit, ça s'est passé. Et puis quand j'ai eu des enfants... forcément.

Bruit des autos qui croît et décroît en raison inverse de la gravité des propos.

LUI

Qu'est-ce que tu dis?

Crié, à « contre-ton », comme cela ne peut pas *être dit.*

ELLE

Je dis que petit à petit ça s'est passé. Et puis quand j'ai eu des enfants..., forcément...

LUI

J'aimerais bien rester avec toi quelques jours, quelque part, une fois.

ELLE

Moi aussi.

LUI

Te revoir aujourd'hui ne serait pas te revoir. En si peu de temps ce n'est pas revoir les gens. Je voudrais bien.

ELLE

Non.

Elle s'arrête devant lui, butée, immobile, muette.

Il accepte presque.

LUI

Bon.

Elle rit, c'est un peu forcé.
Elle marque un dépit, léger, mais réel.
Le taxi arrive.

ELLE

C'est parce que tu sais que je pars demain.

Il rit avec elle, mais moins qu'elle. Après un temps.

LUI

C'est possible que ce soit aussi pour ça. Mais c'est une raison comme une autre, non? L'idée de ne plus te revoir... jamais... dans quelques heures.

L'auto est arrivée et s'est arrêtée au carrefour. Elle fait signe qu'elle arrive. Elle prend son temps, regarde le Japonais et dit :

ELLE

Non.

Il la suit du regard. Peut-être sourit-il.

PARTIE III

Il est quatre heures de l'après-midi, place de la Paix à Hiroshima. Dans le lointain s'éloigne un groupe de techniciens de cinéma portant une caméra, des projecteurs et des écrans-réflecteurs. Des ouvriers japonais démontent l'estrade officielle qui vient de servir de cadre à la dernière séquence du film.

Une remarque importante : on verra toujours les techniciens de loin et on ne saura jamais quel est le film qu'ils tournent à Hiroshima. On n'en verra toujours que le décor qu'on est en train de défaire. [*Peut-être, tout au plus, en saura-t-on le titre.*]

Des machinistes portant des pancartes en différentes langues, en japonais, en français, en allemand, etc... « JAMAIS PLUS HIROSHIMA », *circulent.*

Donc les ouvriers s'occupent à défaire les tribunes officielles et à ôter les banderoles. Dans le décor, nous retrouvons la Française. Elle dort. Sa coiffe d'infirmière est à moitié défaite. Elle est allongée, la tête [*contre le pilier d'une énorme pancarte qui a servi au film*] [*sous quelque chose ou à l'ombre d'une tribune*].

On comprend qu'on vient de tourner à Hiroshima un film édifiant sur la Paix. Ce n'est pas forcément un film ridicule, c'est un film édifiant tout simplement. La foule passe à côté de la place où vient de se tourner le film. Cette foule est indifférente. Sauf quelques enfants, personne ne regarde, on a l'habitude à Hiroshima de voir tourner des films sur Hiroshima.

Cependant, un homme passe, il s'arrête et regarde. C'est celui que nous avons quitté un moment avant dans la chambre d'hôtel qu'habite la Française.

Le Japonais s'approchera de l'infirmière, il la regardera dormir. C'est le regard du Japonais sur elle qui finira par la réveiller mais il s'appesantira sur elle longtemps avant.

Pendant la scène, on voit peut-être quelques détails, au loin et par exemple, une maquette du Palais de l'Industrie, [un guide entouré de touristes japonais], [un couple d'invalides de guerre en tenue blanche tendant leur tronc pour quêter], [une famille au coin de la rue en train de bavarder]...

Elle se réveille. Sa fatigue s'évanouit. On retombe dans leur histoire personnelle d'un seul coup. Toujours cette histoire personnelle l'emportera sur l'histoire forcément démonstrative de Hiroshima.

Elle se relève et va vers lui. Ils rient mais sans excès. Puis ils redeviennent sérieux.

LUI

Tu étais facile à retrouver à Hiroshima.

Elle a un rire heureux.

Un temps. Il la regarde de nouveau.

Entre eux passent deux ou quatre ouvriers qui portent une photographie très agrandie qui représente le plan de la mère morte et de l'enfant qui pleure, dans les ruines fumantes de Hiroshima — du film Les Enfants de Hiroshima. *Ils ne regardent pas la photo qui passe. Une autre photographie passe, qui représente Einstein tirant la langue. Elle suit immédiatement celle de l'enfant et de la mère.*

LUI

C'est un film français?

ELLE

Non. International. Sur la Paix.

LUI

C'est fini.

ELLE

Pour moi, oui, c'est fini. On va tourner les scènes de foule... Il y a bien des films publicitaires sur le savon. Alors... à force... peut-être.

Il est très assuré dans sa conception là-dessus.

LUI

Oui, à force. Ici, à Hiroshima, on ne se moque pas des films sur la Paix.

Il se retourne vers elle. Les photographies sont complètement passées. Ils se rapprochent instinctivement l'un de l'autre. Elle réajuste sa coiffe qui s'est défaite dans le sommeil.

LUI

Tu es fatiguée?

Elle le regarde de façon assez provocante et douce à la fois. Elle dit dans un sourire douloureux, précis :

ELLE

Comme toi.

Il la fixe de façon qui ne trompe pas et lui dit :

LUI

J'ai pensé à Nevers en France.

Elle sourit. Il ajoute :

LUI

J'ai pensé à toi.

Il ajoute encore :

LUI

C'est toujours demain, ton avion?

ELLE

Toujours demain.

LUI

Demain absolument?

ELLE

Oui. Le film a du retard. On m'attend à Paris depuis déjà un mois.

Elle le regarde en face.

Lentement, il lui enlève sa coiffe d'infirmière. (Ou bien elle est très fardée, elle a les lèvres si sombres qu'elles en paraissent noires. Ou elle est à peine fardée, presque décolorée sous le soleil.)

Le geste de l'homme est très libre, très concerté. On devrait éprouver le même choc érotique qu'au début. Elle apparaît, les cheveux aussi décoiffés que la veille, dans le lit.

Et elle le laisse lui enlever sa coiffe, elle se laisse faire comme elle a dû se laisser faire, la veille, l'amour. *(Là, lui laisser un rôle érotiquement fonctionnel.)*

Elle baisse les yeux. Moue incompréhensible. Elle joue avec quelque chose par terre.

Elle relève les yeux sur lui. Il dit avec une très grande lenteur.

LUI

Tu me donnes beaucoup l'envie d'aimer.

Elle ne répond pas tout de suite. Elle a baissé les yeux sous le coup du trouble dans lequel la jettent ses paroles. Le chat de la place de la Paix joue contre son pied? Elle dit, les yeux baissés, très lentement aussi (même *lenteur*).

ELLE

Toujours... les amours de... rencontre... Moi aussi...

Passe entre eux un extraordinaire objet, de nature imprécise. Je vois un cadre de bois (atomium?) d'une forme très précise mais dont l'utilisation échappe complètement. Ils ne le regardent pas. Il dit :

LUI

Non. Pas toujours aussi fort. Tu le sais.

On entend des cris, au loin. Puis des chants enfantins. Ils ne sont pas distraits pour autant.

Elle fait une grimace incompréhensible (licencieuse serait le mot). Elle lève les yeux encore, mais cette fois vers le ciel. Et elle dit, encore une fois, incompréhensiblement alors qu'elle essuie son front couvert de sueur.

ELLE

On dit qu'il va faire de l'orage avant la nuit.

On voit le ciel qu'elle voit. Des nuages roulent... Les chants se précisent. Puis commence (la fin) du défilé.

Ils se sont reculés. Elle se tient devant lui (comme dans les « revues », les femmes) et met une main sur son épaule. Son visage est contre ses cheveux. Lorsqu'elle lève les yeux elle le voit. Il essaiera de l'entraîner loin du défilé. Elle, elle résistera. Mais elle s'éloignera avec lui, sans presque « le sentir ». Sur les enfants, cependant [elle s'arrêtera tout à fait, fascinée].

Défilé de jeunes gens portant des pancartes.

1re SÉRIE PANCARTES

1re pancarte :

Si une bombe atomique vaut 20 000 bombes ordinaires.

2e pancarte :

Et si la bombe H vaut 1 500 fois la bombe atomique.

3e pancarte :

Combien valent les 40 000 bombes A et H fabriquées actuellement dans le monde?

4e pancarte :

Si 10 bombes H lâchées sur le monde c'est la préhistoire.

5e pancarte :

40 000 bombes H et A c'est quoi?

2e SÉRIE PANCARTES

I

Ce résultat prestigieux fait honneur à l'*inteligence* * scientifique de l'homme.

II

Mais il est regrettable que l'intelligence politique de l'homme soit 100 fois moins développée que son intelligence scientifique.

III

Et nous prive à ce point d'admirer l'homme.

* *Inteligence :* faute volontairement laissée par Resnais.

2e SÉRIE

[*1re pancarte :*
Une photo de fourmi. NOUS,
nous ne craignons pas la
bombe H.]

2e pancarte :
[Voici le cri des 160 millions
des Syndiqués de l'Europe.]

3e pancarte :
[Voici le cri des 100 000 cadavres
envolés de
HIROSHIMA.]

Des femmes, des hommes, suivent les enfants qui chantent.

Des chiens suivent les enfants.

Des chats sont aux fenêtres. (Celui de la place de la Paix a l'habitude et il dort.)

Pancartes. Pancartes.

Tout le monde a très chaud.

Le ciel, au-dessus des défilés, est sombre. Le soleil est caché par les nuages.

Les enfants sont nombreux, beaux. Ils ont chaud et chantent avec la bonne volonté de l'enfance. Le Japonais irrésistiblement et presque à son insu pousse la Française dans le [*même sens*] *que le défilé ou* [*le sens opposé*].

La Française ferme les yeux et pousse un gémissement [*en voyant les enfants du défilé*]. *Et dans ce gémissement, vite, comme un voleur, le Japonais dit :*

LUI

Je n'aime pas penser à ton départ. Demain. Je crois que je t'aime.

Le gémissement de la Française continue de telle façon qu'il peut devenir celui d'un accablement amoureux. Le Japonais enfouit sa bouche dans ses cheveux, mange ses cheveux, discrètement. La main sur l'épaule est serrée. Elle ouvre lentement les yeux.

Le défilé continue.

Les enfants sont fardés en blanc. La sueur perle à travers le talc. Deux d'entre eux se disputent une orange. Ils sont en colère.

ELLE

[Pourquoi les a-t-on fardés comme ça?

LUI

Pour qu'ils se ressemblent, les enfants d'Hiroshima.]

[*Ces paroles sont prononcées* sur *les enfants.*]

[*(Ou des voix japonaises sous-titrées.) Voix criées.*]

ELLE

[Pourquoi?

LUI

Parce que les enfants brûlés d'Hiroshima se ressemblaient.]

Passe un faux brûlé qui a dû jouer dans le film. Il perd sa cire qui fond dans son cou. Cela peut être très dégoûtant, très effrayant.

Ils se regardent dans un mouvement inverse de la tête. Il dit :

LUI

Tu vas venir avec moi encore une fois.

Elle ne répond pas.

*Une admirable femme japonaise passe. Elle est assise sur un char. De (l'encorbellement de ses seins *) pris dans un corsage noir, s'envolent des colombes.*

LUI

Réponds-moi.

Elle ne répond pas. Il se penche et à l'oreille :

* Resnais a choisi un globe fleuri.

LUI

Tu as peur?

Elle sourit. Fait « non » de la tête.

ELLE

Non.

[Des chats voient les colombes qui sortent du corsage de la femme et s'agitent.]

Les chants informes des enfants continuent, mais en diminuant.

Une monitrice gronde les deux enfants qui se disputent l'orange. Le grand prend l'orange. Le petit pleure. Le grand commence à manger l'orange.

Tout ceci dure plus qu'il ne faudrait.

*Derrière l'enfant qui pleure, les cinq cents étudiants japonais arrivent. C'est un peu fatigant, débordant. Il la prend contre lui tout à fait, à l'occasion de ce nouveau désordre. Ils ont un regard de détresse. Lui, la regardant, elle, regardant le défilé. On devrait ressentir que ce défilé les spolie du temps qu'il leur reste. Ils ne se disent plus rien. Il l'entraîne par la main. Elle se laisse faire. Ils partent, à contre-courant du défilé. On les perd de vue *.*

* Resnais les fait se perdre dans la foule.

Nous la retrouvons debout au milieu d'une grande pièce d'une maison japonaise. Stores baissés. Lumière douce. Sentiment de fraîcheur après la chaleur du défilé. La maison est moderne. Il y a des fauteuils, etc.

La Française se tient là comme une invitée. *Elle est presque intimidée. Il vient vers elle du fond de la pièce (on peut supposer qu'il vient de fermer une porte, ou du garage, peu importe). Il dit :*

LUI

Assieds-toi.

Elle ne s'assied pas. Ils restent debout tous les deux. On sent qu'entre eux l'érotisme est tenu en échec par l'amour, pour l'instant. Lui est debout en face d'elle. Et dans le même état, presque gauche. C'est le jeu inverse de celui que jouerait un homme dans le cas d'une aubaine.

Elle demande, mais pour dire quelque chose :

ELLE

Tu es tout seul à Hiroshima?... ta femme, où elle est?

LUI

Elle est à Unzen, à la montagne. Je suis seul.

ELLE

Elle revient quand?

LUI

Ces jours-ci.

Elle continue, bas, comme dans un aparté.

ELLE

Comment elle est, ta femme?

Il dit, en la regardant. Très intentionnel. (Le ton : là n'est pas la question.)

LUI

Belle. Je suis un homme qui est heureux avec sa femme.

Un temps.

ELLE

Moi aussi je suis une femme qui est heureuse avec son mari.

Ceci est dit dans une émotion véritable

immédiatement recouverte par l'instant qui court.

LUI

... Ç'aurait été trop simple.

(A ce moment-là, le téléphone sonne.)

Il s'approche d'elle comme s'il lui tombait dessus. Elle le regarde arriver sur elle et dit :

ELLE

Tu ne travailles pas l'après-midi?

LUI

Oui. Beaucoup. Surtout l'après-midi.

ELLE

C'est une histoire idiote...

Comme elle dirait « Je t'aime ».

Ils s'embrassent pendant la sonnerie du téléphone qui continue.

Il ne répond pas.

ELLE

C'est pour moi que tu perds ton après-midi?

Il ne répond toujours pas.

ELLE

Mais dis-le, qu'est-ce que ça peut faire?

A Hiroshima. [Ils sont ensemble, nus, dans un lit.] La lumière est déjà modifiée. C'est après l'amour. Du temps a passé.

LUI

Il était français, l'homme que tu as aimé pendant la guerre?

A Nevers. Un Allemand traverse une place, au crépuscule.

ELLE

Non... il n'était pas français.

A Hiroshima. Elle est étalée sur le lit comblée de fatigue et d'amour. Le jour a encore baissé sur leurs corps.

ELLE

Oui, c'était à Nevers.

A Nevers. Images d'un amour à Nevers. Courses à bicyclette. La forêt. Les ruines, etc.

ELLE

On s'est d'abord rencontré dans des granges. Puis dans des ruines. Et puis dans des chambres. Comme partout.

A Hiroshima. Dans la chambre, la lumière a encore baissé. On les retrouve dans une pose d'enlacement presque calme.

ELLE

Et puis, il est mort.

A Nevers. Images de Nevers. Des rivières. Des quais. *Des peupliers dans du vent, etc.*

Le quai désert.

Le jardin.

A Hiroshima, maintenant. Et on les retrouve [presque dans la pénombre].

ELLE

Moi dix-huit ans et lui vingt-trois ans.

A Nevers. Dans une cabane, la nuit, le « mariage » de Nevers.

(Sur les images de Nevers, on la fait seulement répondre. Les questions que lui, lui pose, sont « entendues », « vont de soi ».)

Toujours dans le même enchaînement. Sur Nevers qui consacre la réponse. Puis à la fin, elle dit, calme :

ELLE

Pourquoi parler de lui plutôt que d'autres?

LUI

Pourquoi pas?

ELLE

Non. Pourquoi?

LUI

A cause de Nevers, je peux seulement commencer à te connaître. Et, entre les milliers et les milliers de choses de ta vie, je choisis Nevers.

ELLE

Comme autre chose?

LUI

Oui.

Est-ce qu'on voit qu'il ment? On s'en doute. Elle, elle devient presque violente, et, cherchant elle-même ce qu'elle pourrait dire (moment un peu fou).

ELLE

Non. Ce n'est pas un hasard. *(Un temps.)* C'est toi qui dois me dire pourquoi.

Il peut répondre (très important pour le film). Soit :

LUI

C'est là, il me semble l'avoir compris que tu es si jeune... si jeune, que tu n'es encore à personne précisément. Cela me plaît.

Ou bien :

ELLE

Non, ce n'est pas ça.

LUI

C'est là, il me semble l'avoir compris, que j'ai failli... te perdre... et que j'ai risqué ne jamais te connaître.

Ou bien :

LUI

C'est là, il me semble l'avoir compris, que tu as dû commencer à être comme aujourd'hui tu es encore.

(Choisir entre ces trois dernières répliques ou *les donner toutes les trois *, soit à la file, soit séparément, au hasard des mouvements d'amour dans le lit. Cette dernière solution serait celle que je préférerai si ça n'allonge pas trop la scène.)*

[*Une dernière fois, Nevers défile. Des images s'en succèdent d'une banalité voulue.* En même temps *qu'elles effraient.*]

Une dernière fois on revient sur eux. [*Il fait noir.*] *Elle dit. Elle crie :*

ELLE

Je veux partir d'ici.

En même temps qu'elle s'est agrippée à lui presque sauvagement.

Ils sont dans la pièce où ils étaient tout à l'heure, rhabillés. Cette pièce est maintenant éclairée. Ils sont debout tous les deux. Il dit, calme, calme...

* Au lieu de choisir entre ces trois versions, A. Resnais a choisi la solution de les donner toutes les trois.

LUI

Il ne nous reste plus maintenant qu'à tuer le temps qui nous sépare de ton départ. Encore seize heures pour ton avion.

Elle dit dans l'affolement, dans la détresse :

ELLE

C'est énorme...

Il répond, doucement :

LUI

Non. Il ne faut pas que tu aies peur.

PARTIE IV

Sur le fleuve, à Hiroshima, la nuit tombe en de longues traînées lumineuses.

Le fleuve se vide et se remplit suivant les heures, les marées. Des gens regardent parfois la lente montée de la marée le long des berges boueuses.

Un café est en face de ce fleuve. C'est un café moderne, américanisé avec une grande baie. Lorsqu'on est assis dans le fond du café, on ne voit plus les rives du fleuve mais seulement le fleuve lui-même. C'est dans cette imprécision que se dessine l'embouchure du fleuve. C'est là que finit Hiroshima et commence le Pacifique. L'endroit est à moitié vide. Ils sont assis à une table au fond de la salle. Ils sont l'un en face de l'autre, soit joue contre joue, soit front contre front. On vient de les quitter dans la détresse à l'idée des seize heures qui les séparent de leur séparation définitive. On les retrouve presque dans le bonheur. Le temps passe sans qu'ils s'en aperçoivent. Un miracle *s'est produit. Lequel? Justement, la* résurgence de Nevers. *Et la première chose qu'il dit, dans cette pose éperdument amoureuse, c'est :*

LUI

Ça ne veut rien dire, en français, Nevers, autrement ?

ELLE

Rien. Non.

LUI

Tu aurais eu froid, dans cette cave à Nevers si on s'était aimés?

ELLE

J'aurais eu froid. A Nevers les caves sont froides, été comme hiver. La ville s'étage le long d'un fleuve qu'on appelle la Loire.

LUI

Je ne peux pas imaginer Nevers.

Nevers. La Loire.

ELLE

Nevers. Quarante mille habitants. Bâti comme une capitale — (mais). Un enfant peut en faire le tour. *(Elle s'écarte de lui.)* Je suis née à Nevers *(elle boit)*, j'ai grandi à Nevers. J'ai appris à lire, à Nevers. Et c'est là que j'ai eu vingt ans.

LUI

Et la Loire?

Il lui prend la tête dans les mains.
Nevers.

ELLE

C'est un fleuve sans navigation aucune, toujours vide, à cause de son cours irrégulier et de ses bancs de sable. En France, la Loire passe pour un fleuve très beau, à cause surtout de sa lumière... tellement douce, si tu savais.

Ton extasié. Il lui lâche la tête, écoute très intensément.

LUI

Quand tu es dans la cave, je suis mort?

ELLE

Tu es mort... et...

Nevers : l'Allemand agonise très lentement sur le quai.

ELLE

...comment supporter une telle douleur?

ELLE

La cave est petite.

Pour faire de ses mains, le geste de la mesurer, elle se retire de sa joue. Et elle continue, très près de sa figure, mais non plus collée à elle. Aucune incantation. Elle s'adresse à lui très passionnément.

ELLE

...très petite.

ELLE

La Marseillaise passe au-dessus de ma tête... C'est... assourdissant...

Elle se bouche les oreilles, dans ce café (à Hiroshima). Il règne dans ce café un grand silence tout à coup.

Caves de Nevers. Mains saignantes de Riva.

ELLE

Les mains deviennent inutiles dans les caves. Elles grattent. Elles s'écorchent aux murs... à se faire saigner...

Des mains saignent quelque part, à Nevers. Les siennes, sur la table, sont intactes.

Riva lèche son propre sang à Nevers.

ELLE

...c'est tout ce qu'on peut trouver à faire pour se faire du bien...

ELLE

...et aussi pour se rappeler...

ELLE

... J'aimais le sang depuis que j'avais goûté au tien.

Ils se regardent à peine quand elle parle. Ils regardent Nevers. Ils sont, tous deux, un peu comme des possédés de Nevers. Il y a sur la table deux verres. Elle boit avidement. Lui plus lentement. Leurs mains sont posées sur la table.

Nevers.

ELLE

La société me roule sur la tête. Au lieu du ciel... forcément... Je la vois marcher, cette société. Rapidement pendant la semaine. Le dimanche, lentement. Elle ne sait pas que je suis dans la cave. On me fait passer pour morte, morte loin de Nevers. Mon père préfère. Parce que je suis déshonorée, mon père préfère.

Nevers : un père, un pharmacien de Nevers, derrière la vitrine de sa pharmacie.

LUI

Tu cries?

La chambre de Nevers.

ELLE

Au début, non, je ne crie pas. Je t'appelle doucement.

LUI

Mais je suis mort.

ELLE

Je t'appelle quand même. Même mort. Puis un jour, tout à coup, je crie, je crie très fort comme une sourde. C'est alors qu'on me met dans la cave. Pour me punir.

LUI

Tu cries quoi?

ELLE

Ton nom allemand. Seulement ton nom. Je n'ai plus qu'une seule mémoire, celle de ton nom.

Chambre de Nevers, cris silencieux.

ELLE

Je promets de ne plus crier. Alors on me remonte dans ma chambre.

Chambre de Nevers. Couchée, la jambe relevée, dans le désir.

ELLE

Je n'en peux plus d'avoir envie de toi.

LUI

Tu as peur?

ELLE

J'ai peur. Partout. Dans la cave. Dans la chambre.

LUI

De quoi?

Taches au plafond de la chambre de Nevers, objets terrifiants de Nevers.

ELLE

De ne plus te revoir, jamais, jamais.

Ils se rapprochent de nouveau comme au début de la scène.

ELLE

Un jour, j'ai vingt ans. C'est dans la cave, ma mère vient et me dit que j'ai vingt ans. *(Un temps, comme pour se souvenir.)* Ma mère pleure.

LUI

Tu craches au visage de ta mère?

ELLE

Oui.

(Comme s'ils savaient ensemble ces choses.) Il se détache d'elle.

LUI

Bois.

ELLE

Oui.

Il tient le verre, la fait boire. Elle est toujours hagarde à force de se souvenir. Et tout à coup :

ELLE

Après, je ne sais plus rien. Je ne sais plus rien...

Lui, pour l'encourager, l'inspirer.

LUI

Ce sont des caves très anciennes, très humides, les caves de Nevers... tu disais...

Elle se laisse prendre au piège.

ELLE

Oui. Pleines de salpêtre. [Je suis devenue une imbécile.]

Sa bouche contre les murs de la cave de Nevers, qui mord.

ELLE

Quelquefois un chat entre et regarde. Ce n'est pas méchant. Je ne sais plus rien.

Un chat entre dans une cave à Nevers et regarde cette *femme.*
Elle ajoute.

ELLE

Après je ne sais plus rien.

LUI

Combien de temps?

Elle ne sort pas de la possession.

ELLE

L'éternité. *(Avec évidence.)*

Quelqu'un, un homme tout seul, met un disque musette français dans le juke-box. Pour que dure le miracle de l'oubli de Nevers, pour que rien ne « bouge », le Japonais verse le contenu de son verre dans celui de la Française.

Dans une cave de Nevers brillent les yeux d'un chat et les yeux de Riva.

Quand elle entend le disque musette (saoule ou folle), elle sourit et elle crie.

ELLE

Ah! Que j'ai été jeune un jour.

Elle revient à Nevers, à peine en est-elle sortie. Elle est hantée *(le choix des adjectifs est volontairement varié).*

ELLE

La nuit... ma mère me fait descendre dans le jardin. Elle regarde ma tête. Chaque nuit elle regarde ma tête avec attention. Elle n'ose pas encore s'approcher de moi... C'est la nuit que je peux regarder la place, alors je la regarde. Elle est immense *(gestes)!* Elle s'incurve en son milieu. [On dirait un lac.]

Soupirail de la cave de Nevers. A travers ce soupirail, roues irisées des bicyclettes qui passent dans l'aurore de Nevers.

ELLE

C'est à l'aurore que le sommeil vient.

LUI

Parfois il pleut?

ELLE

...le long des murs.

Elle cherche, elle cherche, elle cherche.

ELLE

Je pense à toi. Mais je ne le dis plus. (*Presque* maligne.)

Ils se rapprochent.

LUI

Folle.

ELLE

Je suis folle d'amour pour toi. *(Un temps.)* Mes

cheveux repoussent. A ma main, chaque jour, je le sens. Ça m'est égal. Mais quand même, mes cheveux repoussent...

Riva dans son lit à Nevers, la main dans ses cheveux.

Elle passe ses mains dans les cheveux.

LUI

Tu cries, avant la cave?

ELLE

Non. Je ne sens rien...

Ils sont joue contre joue, les yeux à moitié fermés, à Hiroshima.

ELLE

[Ils sont jeunes. Ce sont des héros sans imagination.] Ils me tondent avec soin jusqu'au bout. Ils croient de leur devoir de bien tondre les femmes.

LUI

Tu as honte pour eux, mon amour? *(Très net.)*

La tonte.

ELLE

Non. Tu es mort. Je suis bien trop occupée à

souffrir. Le jour tombe. Je ne suis attentive qu'au bruit des ciseaux sur ma tête *(ceci est dit dans la plus grande immobilité)*. Ça me soulage un tout petit peu... de... ta mort... comme...

...comme, ah! tiens, je ne peux pas mieux te dire, comme pour les ongles, les murs, de la colère.

Elle continue, éperdument contre lui à Hiroshima.

ELLE

Ah! quelle douleur. Quelle douleur au cœur. C'est fou... On chante *La Marseillaise* dans toute la ville. Le jour tombe. Mon amour mort est un ennemi de la France. Quelqu'un dit qu'il faut la faire se promener en ville. La pharmacie de mon père est fermée pour cause de déshonneur. Je suis seule. Il y en a qui rient. Dans la nuit je rentre chez moi.

Scène de la place à Nevers. Elle doit pousser un cri informe mais que dans toutes les « langues » du monde on reconnaisse comme celui d'un enfant qui appelle sa mère : maman. Lui, toujours, contre elle. Et il lui tient les mains.

LUI

Et puis, un jour, mon amour, tu sors de l'éternité.

Chambre Nevers.

Riva tourne en rond. Renverse des objets. Sauvage, animalité de la raison.

ELLE

Oui, c'est long.
On m'a dit que ç'avait été très long.
A six heures du soir, la cathédrale Saint-Étienne sonne, été comme hiver. Un jour, il est vrai, je l'entends. Je me souviens l'avoir entendue avant — avant — pendant que nous nous aimions, pendant notre bonheur.
Je commence à voir.
Je me souviens avoir déjà vu — avant — avant — pendant que nous nous aimions, pendant notre bonheur.
Je me souviens.
Je vois l'encre.
Je vois le jour.
Je vois ma vie. Ta mort.
Ma vie qui continue. Ta mort qui continue

Chambre et cave de Nevers.

et que l'ombre gagne déjà moins vite les angles des murs de la chambre. Et que l'ombre gagne déjà moins vite les angles des murs de la cave. Vers six heures et demie.
L'hiver est terminé.

Un temps. A Hiroshima.
Elle tremble.
Elle se retire de la figure.

ELLE

Ah! C'est horrible. Je commence à moins bien me souvenir de toi.

Il tient le verre et la fait boire. Elle est horrifiée par elle-même.

ELLE

... Je commence à t'oublier. Je tremble d'avoir oublié tant d'amour...
... Encore *(à boire)*.

Elle divague. Cette fois. Seule. Lui la perd.

ELLE

On devait se retrouver à midi sur le quai de la Loire. Je devais repartir avec lui.
Quand je suis arrivée à midi sur le quai de la Loire il n'était pas tout à fait mort.
Quelqu'un avait tiré d'un jardin.

Le jardin du quai de Nevers.
Elle délire, ne le regarde plus.

ELLE

Je suis restée près de son corps toute la journée et puis toute la nuit suivante. Le lendemain matin on est venu le ramasser et on l'a mis dans un camion. C'est dans cette nuit-là que Nevers a été libérée. Les cloches de l'église Saint-Étienne sonnaient... sonnaient... Il est devenu froid peu à peu sous moi. Ah! qu'est-ce qu'il a été long à mourir. Quand? Je ne sais plus au juste. J'étais couchée sur lui... oui... le moment de sa mort m'a échappé vraiment puisque... puisque même à ce moment-là, et même après, oui, même après, je peux dire que je n'arrivais pas à trouver la moindre différence entre ce corps mort et le mien... Je ne pouvais trouver entre ce corps et le mien que des ressemblances... hurlantes, tu comprends? C'était mon premier amour... *(crié)*.

Le Japonais lui envoie une gifle. (Ou bien, comme on voudra, il lui écrase les mains dans les siennes.) Elle agit comme si elle ne savait pas d'où lui vient ce mal. Mais elle se réveille. Et fait comme si elle comprenait que ce mal était nécessaire.

ELLE

Et puis un jour... J'avais crié encore. Alors on m'avait mise dans la cave.

Sa voix reprend son rythme.
(Ici toute la scène de la bille qui rentre dans la cave, qu'elle ramasse, qui est chaude, sur laquelle elle referme sa main, etc., et qu'elle rend aux enfants, au-dehors, etc.)

ELLE

... Elle était chaude...

Il la laisse parler sans comprendre. Elle reprend.

ELLE

(Un temps.) Je crois que c'est à ce moment-là que je suis sortie de la méchanceté.

Temps.

Je ne crie plus.

Temps.

Je deviens raisonnable. On dit : « Elle devient raisonnable. »

Temps.

Une nuit, une fête, on me laisse sortir.

A l'aurore, à Nevers, au bord d'une rivière.

C'est le bord de la Loire. C'est l'aurore. Des gens passent sur le pont plus ou moins nombreux suivant les heures. De loin, ce n'est personne.

Place de la République, à Nevers, de nuit.

ELLE

Ce n'est pas tellement longtemps après que ma mère m'annonce qu'il faut que je m'en aille, dans la nuit, à Paris. Elle me donne de l'argent. Je pars pour Paris à bicyclette, la nuit.

C'est l'été. Les nuits sont bonnes.

Quand j'arrive à Paris, le surlendemain, le nom

Hiroshima est sur tous les journaux. Mes cheveux ont atteint une longueur décente.

Je suis dans la rue avec les gens.

Quelqu'un a remis le disque de musette dans le juke-box.

Elle ajoute. Comme si elle se réveillait.

ELLE

Quatorze ans ont passé.

Il lui sert à boire. Elle boit. Elle redevient apparemment très calme. Ils sortent du tunnel de Nevers.

ELLE

Même des mains je me souviens mal... De la douleur, je me souviens encore un peu.

LUI

Ce soir?

ELLE

Oui, ce soir je m'en souviens. Mais un jour, je ne m'en souviendrai plus. Du tout. De rien.

Elle lève la tête sur lui à ce moment-là.

ELLE

Demain à cette heure-ci je serai à des milliers de kilomètres de toi.

LUI

Ton mari, il sait cette histoire?

Elle hésite.

ELLE

Non.

LUI

Il n'y a que moi, alors?

ELLE

Oui.

Il se lève de la table, la prend dans ses bras, la force à se lever à son tour, et l'enlace très fort, scandaleusement. Les gens regardent. Ils ne comprennent pas. Il est dans une joie violente. Il rit :

LUI

Il n'y a que moi qui sache. Moi seulement.

En même temps qu'elle ferme les yeux, elle dit:

ELLE

Tais-toi.

Elle se rapproche encore plus de lui. Elle lève sa main, et, très légèrement, elle lui caresse la bouche avec sa main. Elle dit, presque dans un bonheur soudain :

ELLE

Ah! que c'est bon d'être avec quelqu'un quelquefois.

Ils se séparent, très lentement.

LUI

Oui *(avec ses doigts sur sa bouche).*

[*Le disque, sur la machine, le juke-box vient de diminuer subitement de volume.*] *Une lampe s'éteint quelque part. Soit sur la berge du fleuve, soit dans le bar.*

Elle a sursauté. Elle a retiré sa main restée sur la bouche. Lui, n'avait pas oublié l'heure. Il dit :

LUI

Parle encore.

ELLE

Oui.

Elle cherche. N'y arrive pas.

LUI

Parle.

Elle dit, à plat :

ELLE

[J'ai l'honneur d'avoir été déshonorée. Le rasoir sur la tête, on a, de la bêtise, une intelligence extraordinaire...]

Je désire avoir vécu cet instant-là. Cet incomparable instant.

Il dit, retiré du moment présent :

LUI

Dans quelques années, quand je t'aurai oubliée, et que d'autres histoires comme celle-là, par la force encore de l'habitude, arriveront encore, je me souviendrai de toi comme de l'oubli de l'amour même. Je penserai à cette histoire comme à l'horreur de l'oubli. Je le sais déjà.

Des gens entrent dans le café. Elle les regarde et demande (l'espoir revient) :

ELLE

La nuit, ça ne s'arrête jamais, à Hiroshima?

Ils entrent dans une comédie dernière. Mais elle s'y laisse prendre. Cependant qu'il répond en mentant.

LUI

Jamais ça ne s'arrête, à Hiroshima.

Elle sourit. Et, dans une extrême douceur, dans une détresse souriante, elle dit (adorablement) :

ELLE

Comme ça me plaît... les villes où toujours il y a des gens qui sont réveillés, la nuit, le jour...

La patronne au bar éteint une lampe. Le disque s'est terminé. Ils sont presque dans la pénombre. L'horaire tardif mais cependant inéluctable de la fermeture des cafés à Hiroshima est atteint.

Ils baissent les yeux tous les deux, comme saisis par une extrême pudeur. Ils sont foutus à la porte du monde ordonné où leur histoire ne peut pas s'inscrire. Impossible de lutter.

Elle le comprend tout à fait, d'un seul coup.

Quand ils relèvent les yeux, ils sourient cependant « pour ne pas pleurer » au sens le plus couru de l'expression.

Elle se lève. Il ne fait aucun geste pour la retenir.

Ils sont dehors, dans la nuit, devant le café.

Elle se tient debout devant lui.

ELLE

Il faut éviter de penser à ces difficultés que présente le monde, quelquefois. Sans ça, il deviendrait tout à fait irrespirable.

(Cette dernière phrase est dite dans un « souffle ».)

Une dernière lampe s'éteint dans le café, très près. Ils ont les yeux baissés. [*Un canot à moteur évoquant le bruit d'un avion remonte le fleuve vers la mer.*]

ELLE

Éloigne-toi de moi.

Il s'éloigne. Regarde le ciel au loin et dit :

LUI

Le jour n'est pas encore levé...

ELLE

Non. *(Un temps.)* Il est probable que nous mourrons sans nous être jamais revus?

LUI

Il est probable, oui. *(Un temps.)* Sauf, peut-être, un jour, la guerre...

Un temps.
Elle répond. Marquer l'ironie.

ELLE

Oui, la guerre...

PARTIE V

Encore une fois du temps a passé.

On la voit dans une rue. Elle marche vite.

Puis on la voit dans le hall de l'hôtel. Elle prend une clef.

Puis on la voit dans l'escalier.

Puis on la voit ouvrir la porte de sa chambre. Pénétrer dans cette chambre et s'arrêter net comme devant un gouffre ou comme si quelqu'un était déjà dans cette chambre. Puis s'en retirer à reculons. Puis on la voit refermer doucement la porte de cette chambre.

Monter l'escalier, le descendre, le remonter, etc.

Revenir sur ses pas. Aller et venir dans un couloir. Se tordre les mains, cherchant une issue, ne la trouvant pas, revenir dans la chambre, tout à coup. Et cette fois, supporter le spectacle de cette chambre.

Elle va vers le lavabo, se trempe le visage dans l'eau. Et on entend la première phrase de son dialogue intérieur :

ELLE

On croit savoir. Et puis, non. Jamais.

ELLE

[Apprendre la durée exacte du temps. Savoir comment le temps, parfois, se précipite puis sa lente retombée inutile et qu'il faut néanmoins endurer, c'est aussi ça, sans doute, apprendre l'intelligence *(haché, répétitions, bafouillage)*.

ELLE

Elle a eu à Nevers un amour de jeunesse allemand...

Nous irons en Bavière, mon amour, et nous nous marierons.

Elle n'est jamais allée en Bavière. *(Elle se regarde dans la glace.)*

Que ceux qui ne sont jamais allés en Bavière osent lui parler de l'amour.

Tu n'étais pas tout à fait mort.

J'ai raconté notre histoire.

Je t'ai trompé ce soir avec cet inconnu.

J'ai raconté notre histoire.

Elle était, vois-tu, racontable.

Quatorze ans que je n'avais pas retrouvé... le goût d'un amour impossible.

Depuis Nevers.

Regarde comme je t'oublie...

— Regarde comme je t'ai oublié.

Regarde-moi.

[*Par la fenêtre ouverte on voit Hiroshima reconstruit et paisiblement endormi.*]

Elle relève la tête brusquement, se voit dans la glace le visage trempé (comme de larmes), vieillie, abîmée. Et, cette fois, ferme les yeux, dégoûtée.

Elle s'essuie le visage, repart très vite, retraverse le hall.

On la retrouve assise soit sur un banc, soit sur un tas de graviers, soit à une vingtaine de mètres du café où ils étaient ensemble un moment avant.

La lumière du restaurant (le restaurant) est dans ses yeux. Banal, presque désert, duquel il est parti.

Elle (s'allonge, s'assied) sur le gravier et continue à regarder le café. (Une seule lumière est allumée alors dans le bar. La salle dans laquelle ils étaient ensemble un moment avant est fermée. Par la porte du bar cette salle reçoit une faible clarté reflétée qui, au hasard de la disposition des tables et des chaises, fait des ombres précises et vaines.)

[*Les derniers clients du bar font écran entre la lumière et la femme assise sur le tas de graviers. Elle passe ainsi de l'ombre à la lumière, au hasard du passage des clients du bar. Cependant qu'elle continue dans l'ombre, à regarder l'endroit duquel il a déserté.*]

Elle ferme les yeux. Puis elle les rouvre. On croit qu'elle dort. Mais non. Quand elle les rouvre c'est tout d'un coup. Comme un chat. On entend sa voix, monologue intérieur :

ELLE

Je vais rester à Hiroshima. Avec lui, chaque nuit. A Hiroshima.

Elle ouvre les yeux.

ELLE

Je vais rester là. Là.

Elle quitte le café des yeux, regarde autour d'elle. Et tout d'un coup se recroqueville sur elle-même le plus qu'il est possible qu'elle le fasse, dans un mouvement très enfantin. Figure cachée dans les bras. Pieds repliés.

Le Japonais arrive près d'elle. Elle le voit, ne bouge pas, ne réagit pas. Leur absence de « l'un à l'autre » a commencé. Aucun étonnement. Il fume une cigarette. Il dit :

LUI

Reste à Hiroshima.

Elle le regarde « en douce ».

ELLE

Bien sûr que je vais rester à Hiroshima avec toi.

Elle se recouche le temps de le dire (enfantinement).

ELLE

Que je suis malheureuse...

Il se rapproche d'elle.

ELLE

Je ne m'y attendais pas du tout, tu comprends...

ELLE

Va-t'en.

Il s'éloigne tandis qu'il dit :

LUI

Impossible de te quitter.

On les retrouve sur un boulevard. De loin en loin, des boîtes de nuit éclairées. Le boulevard est parfaitement droit.

Elle marche. Lui la suit. On peut les voir l'un, puis l'autre. Ils ont le même visage désespéré. Il la rattrape et il lui dit doucement :

LUI

Reste à Hiroshima avec moi.

Elle ne répond pas. On entend sa voix alors, presque criée (du monologue intérieur).

ELLE

[Je désire ne plus avoir de patrie. A mes enfants j'enseignerai la méchanceté et l'indifférence, l'intelligence et l'amour de la patrie des autres jusqu'à la mort.]

ELLE

Il va venir vers moi, il va me prendre par les épaules, il m'em-bras-se-ra...

ELLE

Il m'embrassera... et je serai perdue.

(Perdue est dit dans le ravissement.)

On revient à lui. Et on s'aperçoit qu'il marche plus lentement pour lui laisser du champ. Qu'au contraire de revenir vers elle il s'en éloigne. Elle ne se retourne pas.

Succession des rues de Hiroshima et de Nevers. Monologue intérieur de Riva.

ELLE

Je te rencontre.

Je me souviens de toi.

Cette ville était faite à la taille de l'amour.

Tu étais fait à la taille de mon corps même.

Qui es-tu?

Tu me tues.

J'avais faim. Faim d'infidélités, d'adultères, de mensonges et de mourir.

Depuis toujours.

Je me doutais bien qu'un jour tu me tomberais dessus.

Je t'attendais dans une impatience sans borne, calme.

Dévore-moi. Déforme-moi à ton image afin qu'aucun autre, après toi, ne comprenne plus du tout le pourquoi de tant de désir.

Nous allons rester seuls, mon amour.

La nuit ne va pas finir.

Le jour ne se lèvera plus sur personne.

Jamais. Jamais plus. Enfin.

Tu me tues.

Tu me fais du bien.

Nous pleurerons le jour défunt avec conscience et bonne volonté.

Nous n'aurons plus rien d'autre à faire, plus rien que pleurer le jour défunt.

Du temps passera. Du temps seulement.

Et du temps va venir.

Du temps viendra. Où nous ne saurons plus du tout nommer ce qui nous unira. Le nom s'en effacera peu à peu de notre mémoire.

Puis, il disparaîtra tout à fait.

Il l'aborde cette fois de face. C'est la dernière fois. Mais il reste loin d'elle. Elle est désormais intouchable. Il pleut. C'est sous l'auvent d'un magasin.

LUI

Peut-être que c'est possible, que tu restes.

ELLE

Tu le sais bien. Plus impossible encore que de se quitter.

LUI

Huit jours.

ELLE

Non.

LUI

Trois jours.

ELLE

Le temps de quoi? D'en vivre? D'en mourir?

LUI

Le temps de le savoir.

ELLE

Ça n'existe pas. Ni le temps d'en vivre. Ni le temps d'en mourir. Alors, je m'en fous.

LUI

J'aurais préféré que tu sois morte à Nevers.

ELLE

Moi aussi. Mais je ne suis pas morte à Nevers.

Nous la retrouvons installée sur une banquette de la salle d'attente de la gare de Hiroshima. Le temps a encore passé. A côté d'elle, une vieille femme japonaise attend. On entend la voix de la Française (monologue intérieur) :

ELLE

Nevers que j'avais oublié, je voudrais te revoir ce soir. Je t'ai incendié chaque nuit pendant des mois tandis que mon corps s'incendiait à son souvenir.

Le Japonais est entré comme une ombre et il s'est assis sur le même banc que la vieille femme, à l'opposé de la place où elle est. Il ne regarde pas la Française. Son visage est trempé de pluie. Sa bouche tremble légèrement.

ELLE

Tandis que mon corps s'incendie déjà à ton souvenir. Je voudrais revoir Nevers... la Loire.

Nevers.

Peupliers charmants de la Nièvre je vous donne à l'oubli.

Le mot « charmants » doit être dit comme le mot amour.

Histoire de quatre sous, je te donne à l'oubli.

Ruines de Nevers.

Une nuit loin de toi et j'attendais le jour comme une délivrance.

Le « mariage » à Nevers.

Un jour sans ses yeux et elle en meurt.
Petite fille de Nevers.
Petite coureuse de Nevers.
Un jour sans ses mains et elle croit au malheur d'aimer.
Petite fille de rien.
Morte d'amour à Nevers.
Petite tondue de Nevers je te donne à l'oubli ce soir.
Histoire de quatre sous.
Comme pour lui, l'oubli commencera par tes yeux.
Pareil.
Puis, comme pour lui, l'oubli gagnera ta voix.
Pareil.

Puis, comme pour lui, il triomphera de toi tout entier, peu à peu.

Tu deviendras une chanson.

ELLE

[Vers sept heures du soir, en été, deux foules se croisent sur le boulevard de la République, paisiblement, dans le souci des achats. Des jeunes filles aux longs cheveux ne font plus de tort à leur patrie. Je voudrais revoir Nevers. Nevers. Bête à pleurer.]

ELLE

[C'est dans cette cave de Nevers que l'amour de cet homme m'est venu. Que l'amour de toi m'est venu.

Dans le quartier de Beausoleil où mon souvenir reste comme un exemple à ne plus suivre l'amour de toi m'est venu.]

[C'est parce que dans le quartier de Beausoleil mon souvenir est resté comme un exemple à ne pas suivre, que je suis devenue, un jour, libre de t'aimer. Je n'aurais jamais osé t'aimer si je n'avais pas laissé à Beausoleil cet inqualifiable souvenir. Beausoleil, je te salue, je voudrais te revoir ce soir, Beausoleil, bête à pleurer.]

Le Japonais est séparé d'elle par cette vieille femme japonaise.

Il prend une cigarette, se relève légèrement et tend le paquet à la Française.

« C'est tout ce que je peux pouvoir faire pour toi, t'offrir une cigarette, comme je l'offrirai à n'importe qui, à cette vieille femme. » Elle ne fumera pas.

Il l'offre à la vieille femme, la lui allume.

La forêt de Nevers défile dans le crépuscule. Et Nevers. Tandis que le haut-parleur de la gare de Hiroshima annonce : « Hiroshima! Hiroshima! » *sur les images de Nevers.*

> *La Française semble s'être endormie. Ils veillent sur ce sommeil. Parlent bas.*
>
> *C'est parce qu'elle la croit endormie que la vieille femme interroge le Japonais.*

VIEILLE FEMME

Qui c'est?

LUI

Une Française.

VIEILLE FEMME

Qu'est-ce qu'il y a?

LUI

Elle va quitter le Japon tout à l'heure. Nous sommes tristes de nous quitter *.

* En japonais. Non traduit.

Elle n'est plus là. On la retrouve aux abords de la gare. Elle monte dans un taxi. S'arrête devant une boîte de nuit « Le Casablanca ». Devant laquelle, il arrive à son tour.

Elle est seule à une table. Il s'assied à une autre table à l'opposé de l'endroit qu'elle occupe.

C'est la fin. La fin de la nuit au terme de laquelle ils se sépareront pour toujours.

Un Japonais qui était dans la salle va vers la Française et l'aborde ainsi (en anglais) :

LE JAPONAIS

Are you alone?

Elle ne répond que par signes. [*Lui désigne soit la chaise, soit le tabouret à côté d'elle.*]

LE JAPONAIS

Do you mind talking with me a little?

L'endroit est presque désert. Des gens s'ennuient.

LE JAPONAIS

It is very late to be lonely?

Elle se laisse aborder par un autre homme afin de « perdre » celui que nous connaissons. Mais non seulement ce n'est pas possible, c'est inutile. Il est déjà perdu.

LE JAPONAIS

May I sit down?

LE JAPONAIS

Are you just visiting Hiroshima?

De temps en temps, ils se regardent, très peu, c'est abominable.

LE JAPONAIS

Do you like Japan?

LE JAPONAIS

Do you live in Paris?

Toujours, l'aube grandit [*aux vitres*].

Le monologue intérieur, lui-même, a cessé.

Ce Japonais inconnu lui parle. Elle regarde l'autre. Le Japonais inconnu cesse de lui parler.

Et voici, à travers des vitres, terrifiante, « l'aurore des condamnés ».

On la retrouve derrière la porte de la chambre. Elle a la main sur le cœur.

On frappe.

Elle ouvre.

Il dit :

LUI

Impossible de ne pas venir.

Ils sont debout, dans la chambre.

Debout l'un contre l'autre, mais les bras le long du corps, sans se toucher du tout.

La chambre est intacte.

Les cendriers sont vides.

L'aurore est tout à fait arrivée. Il y a du soleil.

Ils ne fument même pas.

Le lit est intact.

Ils ne se disent rien.

Ils se regardent.

Le silence de l'aube pèse sur toute la ville. Il entre dans la chambre. Au loin, Hiroshima dort encore.

Tout à coup, elle s'assied.

Elle se prend le visage entre les mains, et gémit. Plainte sombre.

Dans ses yeux à elle il y a la clarté de la ville. Elle met presque mal à l'aise et elle crie tout à coup :

ELLE

Je t'oublierai! Je t'oublie déjà! Regarde, comme je t'oublie! Regarde-moi!

Il la tient par les bras, [les poignets], elle se tient face à lui, la tête renversée en arrière. Elle s'écarte de lui avec beaucoup de brutalité.

Il l'assiste dans l'absence de lui-même. Comme si elle était en danger.

Il la regarde, tandis qu'elle le regarde comme elle regarderait la ville et l'appelle tout à coup très doucement.

Elle l'appelle « au loin », dans l'émerveillement. Elle a réussi à le noyer dans l'oubli universel. Elle en est émerveillée.

ELLE

Hi-ro-shi-ma.

ELLE

Hi-ro-shi-ma. C'est ton nom.

Ils se regardent sans se voir. Pour toujours.

LUI

C'est mon nom. Oui.
[On en est là seulement encore. Et on en restera là pour toujours.] Ton nom à toi est Nevers. Ne-vers-en-Fran-ce.

FIN

APPENDICES

LES ÉVIDENCES NOCTURNES

(Notes sur Nevers) *

SUR L'IMAGE
DE LA MORT DE L'ALLEMAND

Ils sont tous les deux, à égalité, en proie à cet événement : sa mort à lui.

Il n'y a aucune colère ni chez l'un ni chez l'autre. Il n'y a que le regret mortel de leur amour.

Même douleur. Même sang. Mêmes larmes.

L'absurdité de la guerre, mise à nue, plane sur leurs corps indistincts.

On pourrait la croire morte tellement elle se meurt de sa mort à lui.

Il essaie de lui caresser la hanche, comme dans l'amour, il le lui faisait. Il n'y arrive plus.

On dirait qu'elle l'aide à mourir. Elle ne pense pas à elle mais seulement à lui. Et que lui la console, s'excuse presque d'avoir à la faire souffrir, d'avoir à mourir.

Quand elle est seule, à cet endroit même où ils étaient tout à l'heure, la douleur n'a pas encore pris place dans sa vie. Elle est simplement dans un indicible étonnement de se retrouver seule.

* Sans ordre chronologique. « Faites comme si vous commentiez les images d'un film fait », m'a dit Resnais.

SUR L'IMAGE DU JARDIN DUQUEL ON A TIRÉ SUR L'ALLEMAND

On a tiré de ce jardin comme on aurait tiré d'un autre jardin de Nevers. De tous les autres jardins de Nevers.

Seul le hasard a fait que ce soit de celui-ci.

Ce jardin est désormais marqué au signe de la banalité de sa mort.

Sa couleur et sa forme sont désormais fatidiques. C'est de là que sa mort est partie, éternellement.

UN SOLDAT ALLEMAND TRAVERSE UNE PLACE DE PROVINCE PENDANT LA GUERRE

Quelque part en France, vers la fin de l'après-midi, un certain jour, un soldat allemand traverse une place de province.

Même la guerre est quotidienne.

Le soldat allemand traverse la place comme une cible tranquille.

Nous sommes dans le fond de la guerre, le moment où l'on désespère de son issue. Les gens ne prennent plus garde aux ennemis. L'habitude de la guerre s'est installée. La place du Champ-de-Mars reflète une désespérance tranquille. Le soldat allemand la ressent aussi. On ne parle pas assez de l'ennui de la guerre. Dans cet ennui, des femmes derrière des volets clos regardent l'ennemi qui marche sur la place. Ici l'aventure se limite au patriotisme. L'autre aventure doit être étranglée. On regarde, n'empêche. Rien à faire contre le regard.

SUR LES IMAGES DES RENCONTRES ENTRE RIVA ET LE SOLDAT ALLEMAND

Nous nous sommes embrassés derrière les remparts. La mort dans l'âme, certes, mais dans un irrépressible bonheur j'ai embrassé mon ennemi.

Les remparts étaient toujours déserts pendant la guerre. Des Français y furent fusillés pendant la guerre. Et après la guerre, des Allemands.

J'ai découvert ses mains quand elles touchaient des barrières pour les ouvrir devant moi. Ses mains me donnèrent très vite l'envie de les punir. Je mords ses mains après l'amour.

C'est dans les murs de la ville que je suis devenue sa femme.

Je ne peux pas encore me souvenir de la porte du fond du jardin. Il m'attendait là, des heures parfois. La nuit surtout. Chaque fois qu'un instant de liberté m'était donné. Il avait peur.
J'avais peur.

Quand il fallait traverser la ville ensemble je marchais devant lui, dans la peur. Les gens baissaient les yeux. Nous crûmes à leur indifférence. On a commencé à devenir imprudents.

Je lui demandais de traverser la place, derrière la grille de... afin qu'une fois je puisse l'apercevoir dans le jour. Il passait donc chaque jour devant cette grille, les yeux baissés, il se laissait regarder par moi.

Dans les ruines, l'hiver, le vent tourne sur lui-même. Le froid. Ses lèvres étaient froides.

UN NEVERS IMAGINAIRE

Nevers où je suis née, dans mon souvenir, est indistinct de moi-même.
C'est une ville dont un enfant peut faire le tour.

Délimitée d'une part par la Loire, d'autre part par les Remparts.

Au-delà des Remparts il y a la forêt.

Nevers peut être mesurée au pas d'un enfant.

Nevers « se passe » entre les Remparts, le fleuve, la forêt, la campagne. Les Remparts sont imposants. Le fleuve est le plus large de France, le plus renommé, le plus beau.

Nevers est donc délimitée comme une capitale.

Quand j'étais une petite fille et que j'en faisais le tour, je la croyais immense. Son ombre, dans la Loire, tremblait, l'agrandissant encore.

Cette illusion sur l'immensité de Nevers je l'ai

gardée longtemps, jusqu'au moment où j'ai atteint l'âge d'une jeune fille.

Alors Nevers s'est fermée sur elle-même. Elle a grandi comme on grandit. Je ne savais rien des autres villes. J'avais besoin d'une ville à la taille de l'amour même. Je l'ai trouvée dans Nevers même.

Dire de Nevers qu'elle est une petite ville est une erreur du cœur et de l'esprit. Nevers fut immense pour moi.

Le blé est à ses portes. La forêt est à ses fenêtres. La nuit, des chouettes en arrivent jusque dans les jardins. Aussi faut-il s'y défendre d'y avoir peur.

L'amour y est surveillé comme nulle part ailleurs.

Des gens seuls y attendent leur mort. Aucune autre aventure que celle-là ne pourra faire dévier leur attente.

Dans ces rues tortueuses se vit donc la ligne droite de l'attente de la mort.

L'amour y est impardonnable. La faute, à Nevers, est d'amour. Le crime, à Nevers, est le bonheur. L'ennui y est une vertu tolérée.

Des fous circulent dans ses faubourgs. Des bohémiens. Des chiens. Et l'amour.

Dire du mal de Nevers serait également une erreur de l'esprit et du cœur.

SUR LES IMAGES DE LA BILLE PERDUE PAR LES ENFANTS

J'ai encore crié. Et ce jour-là j'ai entendu un cri. La dernière fois que l'on m'a mise dans la cave. Elle est arrivée vers moi (la bille) en prenant tout son temps, comme un événement.

A l'intérieur coulaient des rivières colorées, très vives. L'été était à l'intérieur de la bille. De l'été elle avait aussi la chaleur.

Je savais déjà qu'on ne devait plus manger les choses, manger n'importe quoi, ni les murs, ni le sang de ses mains ni les murs. Je l'ai regardée avec gentillesse. Je l'ai posée contre ma bouche mais sans mordre.

Tant de rondeur, tant de perfection, posaient un insoluble problème.

Peut-être vais-je la casser. Je la jette mais elle rebondit vers ma main. Je recommence. Elle ne revient pas. Elle se perd.

Quand elle se perd, quelque chose recommence que je reconnais. La peur revient. Une bille ne peut pas mourir. Je me souviens. Je cherche. Je la retrouve.

Cris des enfants. La bille est dans ma main. Cris. Bille. Elle est aux enfants. Non. Ils ne l'auront plus. J'ouvre la main. Elle est là, captive. Je la rends aux enfants.

UN SOLDAT ALLEMAND VIENT SE FAIRE PANSER LA MAIN DANS LA PHARMACIE DU PÈRE DE RIVA

[Dans ce plein été je portais des chandails (noirs). Les étés sont froids à Nevers. Étés de la guerre. Mon père s'ennuie. Les rayonnages sont vides. J'obéis à mon père comme une enfant. Sa main brûlée, je la regarde. *Je lui fais mal* en lui faisant son pansement. Le temps de lever les yeux je vois ses yeux. Ils sont clairs. Il rit parce que je lui fais mal. Je ne ris pas.]

SOIRÉE DE NEVERS PENDANT LA GUERRE LE SOLDAT ALLEMAND GUETTE SUR LA PLACE LA FENÊTRE DE RIVA

[Mon père boit et se tait. Je ne sais même pas s'il écoute la musique que je joue. Les soirées sont mortelles mais je ne le sais pas encore avant ce soir-là. L'ennemi lève la tête vers moi et sourit à peine. J'ai le sentiment d'un crime. Je ferme les volets comme devant un spectacle abominable.] Mon père sur son fauteuil dort à moitié comme à l'accoutumée. Sur la table il y a encore nos deux couverts et le vin de mon père. Derrière les volets la place bat comme la mer, immense. Il avait l'air d'un naufragé. Je vais vers mon père et je le regarde de très près, presque à le toucher. Il dort dans le vin. Je ne reconnais pas très bien mon père.

SOIRÉE DE NEVERS

Seule dans ma chambre à minuit. La mer de la place du Champ-de-Mars bat toujours derrière mes volets. Il a dû encore passer ce soir. Je n'ai pas ouvert mes volets.

LE MARIAGE DE NEVERS

Je devins sa femme dans le crépuscule, le bonheur et la honte. Quand ça a été fait, la nuit était venue sur nous. Nous ne nous en étions pas aperçus.

La honte avait disparu de ma vie. Nous avons été joyeux de voir la nuit. J'avais toujours eu peur de la nuit. Celle-là était une nuit noire comme jamais je n'en ai vu depuis. Ma patrie, ma vilie, mon père ivre, s'y trouvèrent noyés. Avec l'occupation allemande. Dans le même sac.

Nuit noire de la certitude. On l'a regardée avec attention et ensuite avec gravité. Puis une à une, des montagnes sont montées à l'horizon.

AUTRE NOTE SUR LE JARDIN DUQUEL ON A TIRÉ SUR L'ALLEMAND

L'amour sert à mourir plus commodément à la vie.

Ce jardin pourrait faire croire en Dieu.

Cet homme, ivre de liberté, avec sa carabine, cet inconnu de la fin de juillet 44, cet homme de Nevers, mon frère, comment aurait-il pu savoir?

SUR LA PHRASE : « ET PUIS, IL EST MORT »

Riva ne parle plus elle-même quand cette image apparaît.

Donner un signe extérieur de sa douleur serait dégrader cette douleur.

Elle vient seulement de le découvrir, mourant, sur le quai, dans le soleil. C'est pour nous autres que l'image est insupportable. Pas pour Riva. Riva a cessé de nous parler. Elle a cessé, tout simplement.

Il vit encore.

Riva, sur lui, est dans l'absolu de la douleur. Elle est dans la *folie*.

La voir lui sourire à ce moment-là serait même logique.

La douleur a son obscénité. Riva est obscène. Comme une folle. Son entendement a disparu.

C'était son premier amour. C'est sa première douleur. Nous pouvons à peine regarder Riva dans cet état. Nous ne pouvons rien faire pour elle. Qu'attendre. Attendre que la douleur prenne en elle une forme reconnaissable et décente.

Fresson meurt. Il est comme lié au sol. Il a été pris de plein fouet par la mort. Son sang coule de lui comme le fleuve et comme le temps. Comme sa sueur. Il meurt comme un cheval, avec une force insoupçonnable. Il est très occupé à cela. Puis une douceur interviendra avec sa venue à elle et la certitude de l'inutilité de lutter contre sa mort. Douceur des yeux de Fresson. Ils se sourient. Oui. *Tu vois, mon amour, même cela nous était possible*. Triomphe funèbre. Accomplissement. Je suis sûre de ne pas pouvoir te survivre, à ce point que je te souris.

APRÈS QUE LE CORPS DU SOLDAT ALLEMAND A ÉTÉ EMPORTÉ DANS UN CAMION, RIVA RESTE SEULE SUR LE QUAI

Le soleil fut, ce jour-là, glorieux. Mais comme chaque jour cependant le crépuscule est arrivé.

Ce qui reste de Riva, sur ce quai, se réduit aux battements de son cœur. (Il a plu vers les heures de fin d'après-midi. Il a plu sur Riva comme il a plu sur la ville. Puis la pluie a cessé. Puis Riva a été tondue. Et il reste, sur le quai, la place sèche de Riva. Place brûlée.)

Sur ce quai, on dirait qu'elle dort. Elle est à peine reconnaissable. (Des bêtes passent sur ses mains salies par le sang.)

Chien?

LA DOULEUR DE RIVA. SA FOLIE. LA CAVE DE NEVERS

Riva ne parle pas encore.

L'été continue impunément. La France entière est en fête. Dans le désordre et la joie.

Les fleuves, eux aussi, coulent toujours impunément. La Loire. Les yeux de Riva comme la Loire coulent, mais *ordonnés par la douleur*, dans ce désordre.

La cave est petite comme elle pourrait être grande.

Riva crie comme elle pourrait se taire. Elle ne sait pas qu'elle crie.

On la punit pour lui apprendre qu'elle crie. Comme une sourde.

Il faut qu'on lui apprenne à entendre quand elle crie.

On lui a raconté ça après.

Elle s'écorche les mains comme une imbécile. Les oiseaux, lâchés dans les chambres, se rognent les ailes et ne sentent rien. Riva se fait saigner les doigts et mange son sang ensuite. Fait la grimace et recommence. Elle a appris, un jour, sur un quai, à aimer le sang. Comme une bête, une salope. Il faut bien regarder quelque chose. Riva n'est pas aveugle. Elle regarde. Elle ne voit rien. Mais elle regarde. Les pieds des gens se laissent regarder.

Les gens qui passent, passent dans un univers nécessaire, le vôtre et le mien, dans une durée qui nous est familière.

Le regard de Riva sur les pieds de ces gens (aussi significatifs que leurs visages) se passe dans un univers organique, déserté par la raison. Elle regarde un monde de pieds.

LE PÈRE DE RIVA

Le père est fatigué par la guerre. Il n'est pas méchant. Il est abruti par ce qui lui arrive et qu'il n'a pas voulu. Il est habillé en noir.

LA MÈRE DE RIVA

La mère est vive. Bien plus jeune que le père. Ce qu'elle aime le plus au monde est son enfant. Quand Riva crie, elle s'affole pour elle. La mère a peur que l'on fasse encore du mal à son enfant. Elle tient toute la maison dans ses mains. Elle est forte. Elle ne veut pas que Riva meure. Elle est avec son enfant d'une tendresse brutale. Mais d'une tendresse sans limites. Contrairement au père, elle ne désespère pas de Riva.

Ils la descendent dans la cave comme si elle avait dix ans. Ils sont en noir. Riva, au milieu des deux, est habillée en clair. Chemise de nuit en dentelles, de très jeune fille, faite par la mère, par une mère qui oublie toujours que son enfant grandit.

RIVA DANS LA CAVE DE NEVERS ET DANS SA CHAMBRE D'ENFANT

Riva est dans un coin de la cave, toute blanche. Là comme ailleurs, toujours. Toujours des yeux de Loire. Ceux du quai. Innocentée. Enfance terrifiante.

C'est la nuit que sa raison revient. Qu'elle se souvient qu'elle est la femme d'un homme. Elle aussi le désir l'a frappée de plein fouet. Qu'il soit mort n'empêche qu'elle le désire. Elle n'en peut plus d'avoir envie de lui, mort. Corps vidé, haletant. Sa bouche est humide. Elle a la pose d'une femme dans le désir, impudique jusqu'à la vulgarité. Plus impudique que partout ailleurs. Dégoûtante. Elle désire un mort.

RIVA TOUCHE LES OBJETS DE SA CHAMBRE. « JE ME SOUVIENS AVOIR DÉJA VU... »

N'importe quoi peut être vu par Riva dans cet état. Tout un ensemble d'objets ou ceux-ci pris séparément. Peu importe. Tout sera vu *par* elle.

RIVA LÈCHE LE SALPÊTRE DE LA CAVE

Faute d'autre chose, le salpêtre se mange. Sel de pierre. Riva mange les murs. Elle les embrasse aussi bien. Elle est dans un univers de murs. Le souvenir d'un homme est dans ces murs, intégré à la pierre, à l'air, à la terre.

UN CHAT ENTRE DANS LA CAVE DE NEVERS

Le chat, toujours égal à lui-même, entre dans la cave. Il s'attend à tout. Riva a oublié l'existence des chats.

Les chats sont domestiqués complètement. Leur conduite est de gentillesse. Leurs yeux ne sont pas domestiqués. Les yeux du chat et les yeux de Riva se ressemblent et se regardent. Vidés. Presque impossible de soutenir le regard d'un chat. Riva le peut. Elle entre peu à peu dans le regard du chat. Il n'y a plus dans la cave qu'un seul regard, celui du chat-Riva.

L'éternité échappe à toute qualification. Ce n'est ni beau ni laid. Ça peut être un caillou, l'angle brillant d'un objet? *Le regard du chat? Tout* à la fois. Le chat qui dort. Riva qui dort. Le chat qui veille. L'intérieur du regard du chat ou l'intérieur du regard de Riva? Pupilles circulaires où rien n'accroche. Immenses, ces pupilles. Des cirques vides. Où bat le temps.

LA PLACE DE NEVERS VUE PAR RIVA

La place continue. Où vont ces gens? Ils ont leur raison. Les roues de bicyclettes ressemblent à des soleils. Ce qui remue se regarde mieux que ce qui ne remue pas. Roues de bicyclettes. Les pieds. Tout remue sur place.

Parfois, c'est la mer. C'est même assez régulièrement la mer. Plus tard elle saura que c'est l'aurore, ce qu'elle prend pour la mer. Ça lui donne sommeil, l'aurore, la mer.

RIVA, COUCHÉE, LES MAINS DANS LES CHEVEUX

Du moment qu'elle n'est pas morte ses cheveux repoussent. Entêtement de la vie. De nuit, de jour, ses cheveux poussent. Sous le foulard, en douce. Je caresse ma tête doucement. C'est meilleur à toucher. Ça ne pique plus les doigts.

LA TONTE DE RIVA A NEVERS

Ils la tondent.

Ils le font dans la distraction presque. Il fallait la tondre. Faisons-le. Mais on a bien autre chose à faire, ailleurs. Cependant on fait notre devoir.

L'endroit est parcouru par le vent chaud qui arrive de la place. Pourtant, on y a plus frais qu'ailleurs.

La fille qui est tondue, c'est la fille du pharmacien. Elle tend presque sa tête aux ciseaux. Elle aide presque à l'opération comme à un automatisme acquis, *déjà*. Ça fait du bien à la tête d'être tondue, ça la rend plus légère. (Elle est pleine de cheveux tombés sur elle.)

On tond quelqu'un quelque part en France. Ici, c'est la fille du pharmacien. *La Marseillaise* arrive avec le vent du soir jusque dans la galerie et encourage à l'exercice d'une justice hâtive et imbécile. Ils n'ont pas le temps d'être intelligents. La galerie est un théâtre où rien ne se joue. Rien. Quelque chose aurait pu se jouer, mais la représentation n'a pas eu lieu.

Une fois tondue, la fille attend encore. Elle est à leur disposition. Du mal a été fait dans la ville. Ça fait du bien. Ça donne faim. Il faut que cette fille s'en aille. C'est laid, peut-être est-ce dégoûtant. Comme elle a l'air de vouloir rester en ce lieu, il faut la chasser. On la chasse comme un rat. Mais elle ne peut pas monter l'escalier très vite, aussi vite qu'on le désirerait. On dirait qu'elle a devant elle un temps énorme. On dirait qu'elle s'attendait *encore à autre chose* qui n'a pas eu lieu. Qu'elle est presque déçue de devoir encore remuer, avancer les jambes, se déplacer. Elle trouve que la rampe est faite pour s'aider à faire cela.

A MINUIT
RIVA RENTRE CHEZ ELLE, TONDUE

Riva regarde sa mère arriver vers elle. « Dire que tu m'as mise au monde » est en deçà du regard de Riva. Ce qui l'exprimerait le mieux c'est : « Qu'est-ce que ça veut dire? »

Riva fronce peut-être un peu les sourcils et interroge le ciel, sa mère. Elle est à la limite *exacte* de ses forces. Quand sa mère arrivera vers elle, elle aura dépassé ses forces et tombera dans les bras de sa mère comme évanouie. Mais ses yeux resteront ouverts.

Ce qui se passe à ce moment-là entre Riva et sa mère est seulement physique. La mère prendra Riva avec adresse. Elle connaît le poids de son enfant. Riva se mettra à la place du corps de sa mère où depuis l'enfance elle a l'habitude d'attendre que passent les chagrins.

Riva a froid. Sa mère frottera ses bras et son dos. Elle embrassera la tête rasée de son enfant *sans s'en apercevoir*. Sans aucun pathétisme, rien. Son enfant vit. C'est relativement un bonheur. Elle l'emporte chez elle. Elle l'arrache littéralement, il faut l'arracher de cet arbre. *Riva a alors le poids qu'elle aura une fois morte.*

PORTRAIT DE RIVA.
RECOMMENCEMENT DE SA RAISON

Elle tourne en rond. Du temps a passé.

Sa folie est maintenant remuante. Il lui faut

bouger. Elle tourne en rond. Le cercle se ferme mais il va éclater. C'est le dernier temps.

Le visage de Riva est comme plâtré. *Ce visage n'a pas servi depuis des mois.* Les lèvres sont devenues minces. Le regard peut maigrir. Le corps ne plus rien signifier. Le corps de Riva quand elle tourne ne sert plus qu'à porter sa tête. Elle l'appelle encore mais lentement et à des intervalles très longs. Souvenir du souvenir. Le corps est sale, *inhabité.* Elle va être libre, ça va y être. Le cercle va éclater. Elle détruit un ordre imaginaire, renverse des objets; les regarde à l'envers.

FOLIE DE RIVA

Quand elle regarde les angles bas de la chambre et qu'elle reconnaît quelque chose, ses lèvres tremblent. Elle sourit ou elle pleure? Même chose. Elle écoute. On dirait qu'elle prépare un sale coup. Mais non. Elle écoute seulement les cloches de Saint-Étienne. Consommation complète de la douleur. Elle écoute le bruit de la ville. Puis tourne de nouveau sur elle-même. Tout à coup elle s'étire. *La raison qui lui revient effraie.* Elle chasse avec ses pieds, quoi? Des ombres.

RIVA ARRIVE SUR LE QUAI DE LA LOIRE, A MIDI

Riva arrive en haut de l'escalier du quai comme une fleur.

Jupe ronde et courte. Naissance des cuisses et des seins.

SORTIE DE RIVA, A L'AURORE, SUR LES QUAIS DE LA LOIRE

On me laisse sortir. Je suis très fatiguée. Trop jeune pour souffrir, dit-on. Il fait doux, dit-on. Huit mois déjà, dit-on. Mes cheveux sont longs. Personne ne passe. Je n'ai plus peur. Voilà. Je ne sais pas à quoi je m'apprête... Ma mère surveille ma santé à cet effet. Je surveille ma santé Il ne faut pas trop regarder la Loire, dit-on. Je la regarderai.

Des gens passent sur le pont. La banalité est frappante parfois. C'est la paix, dit-on. Ce sont ces gens qui m'ont tondue. Personne ne m'a tondue. C'est la Loire qui me *prend* les yeux. Je la regarde et je n'arrive plus à les retirer de l'eau. Je ne pense à rien, à rien. Quel ordre.

RIVA RENTRE A PARIS, DE NUIT

Quel ordre. Il me faut partir. Je pars. Dans un ordre revenu. Rien d'autre ne peut m'arriver que d'exister. D'accord.

La nuit est bonne. Je quitte la Loire. La Loire est au bout de chaque route encore. Patience. La Loire disparaîtra de ma vie.

NEVERS

(Pour mémoire)

RIVA RACONTE ELLE-MÊME SA VIE A NEVERS

A sept heures du soir, la cathédrale Saint-Lazare sonnait l'heure. La pharmacie fermait.

Élevée dans la guerre je ne prenais pas tellement garde à celle-ci malgré mon père qui m'en entretenait chaque soir.

J'aidais mon père dans la pharmacie. J'étais préparatrice. Je venais de finir mes études. Ma mère * vivait dans un département du sud. Je la retrouvais plusieurs fois par an, aux vacances.

A sept heures du soir, été comme hiver, dans la nuit noire de l'occupation, ou dans les journées ensoleillées de juin, la pharmacie fermait. C'était toujours trop tôt pour moi. Nous montions dans les pièces du premier étage. Tous les films étaient allemands ou presque. Le cinéma m'était interdit. Le Champ de Mars, sous les fenêtres de ma chambre, la nuit, s'agrandissait encore.

L'hôtel de ville était sans drapeau. Il fallait que

* La mère de Riva était soit juive [soit séparée de son mari].

je me rappelle ma petite enfance pour me souvenir de lampadaires allumés.

La ligne de démarcation fut franchie.

L'ennemi arriva. Des hommes allemands traversaient la place du Champ-de-Mars en chantant, à heures fixes. Parfois l'un d'eux venait à la pharmacie.

Le couvre-feu arriva aussi.

Puis Stalingrad.

Le long des remparts des hommes furent fusillés.

D'autres hommes furent déportés. D'autres s'enfuirent pour rejoindre la Résistance. Certains restèrent là, dans l'épouvante et la richesse. Le marché noir battit son plein. Les enfants du faubourg ouvrier de St-... crevaient de faim tandis qu'au « Grand Cerf » on mangeait du foie gras.

Mon père donnait des médicaments aux enfants de St... Je les leur portais deux fois par semaine, en allant prendre ma leçon de piano, une fois la pharmacie fermée. Quelquefois je rentrais en retard. Mon père me guettait derrière les volets. Parfois, le soir, mon père me demandait de lui jouer du piano.

Après que j'ai joué, mon père devenait silencieux, et son désespoir s'affirmait encore. Il pensait à ma mère.

Après que j'ai joué, le soir, ainsi, dans l'épouvante de l'ennemi, ma jeunesse me sautait à la gorge. Je n'en disais rien à mon père. Il me disait que j'étais sa seule consolation.

Les seuls hommes de la ville étaient allemands. J'avais dix-sept ans.

La guerre était interminable. Ma jeunesse était interminable. Je n'arrivais à sortir, ni de la guerre, ni de ma jeunesse.

Les morales d'ordre divers brouillaient mon esprit, déjà.

Le dimanche était pour moi jour de fête. Je dévalais toute la ville à bicyclette pour aller à Ezy chercher le beurre nécessaire à ma croissance. Je longeais la Nièvre. Parfois je m'arrêtais sous un arbre et je m'impatientais de la longueur de la guerre. Cependant que je grandissais envers et contre l'occupant. Envers et contre cette guerre. La rivière me faisait toujours bien plaisir à voir.

Un jour, un soldat allemand vint à la pharmacie se faire panser sa main brûlée. Nous étions seuls tous deux dans la pharmacie. Je lui pansais sa main comme on m'avait appris, dans la haine. L'ennemi remercia.

Il revint. Mon père était là et me demanda de m'en occuper.

Je pansais sa main une nouvelle fois en présence de mon père. Je ne levais pas les yeux sur lui, comme on m'avait appris.

Cependant, le soir de ce jour, une lassitude particulière me vint de la guerre. Je le dis à mon père. Il ne me répondit pas.

Je jouai du piano. Puis nous avons éteint. Il m'a demandé de fermer les volets.

Sur la place, un jeune Allemand à la main pansée était adossé à un arbre. Je le reconnus dans le noir à cause de la tache blanche que faisait sa main dans l'ombre. Ce fut mon père qui referma la fenêtre. Je sus qu'un homme m'avait écouté jouer du piano pour la première fois de ma vie.

Cet homme revint le lendemain. Alors je vis son visage. Comment m'en empêcher encore? Mon père vint vers nous. Il m'écarta et annonça à cet ennemi que sa main ne nécessitait plus aucun soin.

Le soir de ce jour mon père me demanda expressément de ne pas jouer de piano. Il but du vin beaucoup plus que de coutume, à table. J'obéis à mon père. Je le crus devenu un peu fou. Je le crus ivre ou fou.

Mon père aimait ma mère d'amour, follement. Il l'aimait toujours. Il souffrait beaucoup de sa séparation avec elle. Depuis qu'elle n'était plus là, mon père s'était mis à boire.

Quelquefois, il partait la revoir et me confiait la pharmacie.

Il partit le lendemain de ce jour, sans me reparler de la scène de la veille.

Le lendemain de ce jour était un dimanche. Il pleuvait. J'allais à la ferme de Ezy. Je m'arrêtai, comme d'habitude, sous un peuplier, le long de la rivière.

L'ennemi arriva peu après moi sous ce même peuplier. Il était également à bicyclette. Sa main était guérie.

Il ne partait pas. La pluie tombait, drue. Puis le soleil arriva, dans la pluie. Il cessa de me regarder, il sourit, et il m'a demandé de remarquer comment parfois le soleil et la pluie pouvaient être ensemble, l'été.

Je n'ai rien dit. Quand même j'ai regardé la pluie.

Il m'a dit alors qu'il m'avait suivie jusque-là. Qu'il ne partirait pas.

Je suis repartie. Il m'a suivie.

Un mois durant, il m'a suivie. Je ne me suis plus arrêtée le long de la rivière. Jamais. Mais il y était posté là, chaque dimanche. Comment ignorer qu'il était là pour moi.

Je n'en dis rien à mon père.

Je me mis à rêver à un ennemi, la nuit, le jour. Et dans mes rêves l'immoralité et la morale se mélangèrent de façon telle que l'une ne fut bientôt plus discernable de l'autre. J'eus vingt ans.

Un soir, faubourg St-..., alors que je tournais une rue, quelqu'un me saisit par les épaules. Je ne l'avais pas vu arriver. C'était la nuit, huit heures et demie du soir, en juillet. C'était l'ennemi.

On s'est rencontrés dans les bois. Dans les granges. Dans les ruines. Et puis, dans des chambres.

Un jour, une lettre anonyme arrivait à mon père. La débâcle commençait. Nous étions en juillet 1944. J'ai nié.

C'est encore sous les peupliers qui bordent la rivière qu'il m'a annoncé son départ. Il partait le lendemain matin pour Paris, en camion. Il était heureux parce que c'était la fin de la guerre. Il me parla de la Bavière où je devais le retrouver. Où nous devions nous marier.

Déjà il y avait des coups de feu dans la ville. Les gens arrachaient les rideaux noirs. Les radios marchaient nuit et jour. A quatre-vingts kilomètres de là, déjà, des convois allemands gisaient dans des ravins.

J'exceptais cet ennemi-ci de tous les autres. C'était mon premier amour.

Je ne pouvais plus entrevoir la moindre différence entre son corps et le mien. Je ne pouvais plus voir entre son corps et le mien qu'une similitude hurlante.

Son corps était devenu le mien, je n'arrivais plus

à l'en discerner. J'étais devenue la négation vivante de la raison. Et toutes les raisons qu'on aurait pu opposer à ce manque de raison, je les aurais balayées, et comment, comme châteaux de cartes, et comme, justement, des raisons purement imaginaires. Que ceux qui n'ont jamais connu d'être ainsi dépossédés d'eux-mêmes me jettent la première pierre. Je n'avais plus de patrie que l'amour même.

J'avais laissé un mot à mon père. Je lui disais que la lettre anonyme avait dit vrai : que j'aimais un soldat allemand depuis six mois. Que je voulais le suivre en Allemagne.

Déjà, à Nevers, la Résistance côtoyait l'ennemi. Il n'y avait plus de police. Ma mère revint.

Il partait le lendemain. Il était entendu qu'il me prendrait dans son camion, sous des bâches de camouflage. Nous nous imaginions que nous pourrions ne plus nous quitter jamais.

On est encore allés à l'hôtel, une fois. Il est parti à l'aube rejoindre son cantonnement, vers Saint-Lazare.

Nous devions nous retrouver à midi, sur le quai de la Loire. Lorsque je suis arrivée, à midi, sur le quai de la Loire, il n'était pas encore tout à fait mort. On avait tiré d'un jardin du quai.

Je suis restée couchée sur son corps tout le jour et toute la nuit suivante.

Le lendemain on est venu le ramasser et on l'a mis dans un camion. C'est pendant cette nuit-là que la ville fut libérée. Les cloches de Saint-Lazare emplirent la ville. Je crois bien, oui, avoir entendu.

On m'a mise dans un dépôt du Champ de Mars. Là, certains ont dit qu'il fallait me tondre. Je n'avais pas d'avis. Le bruit des ciseaux sur la tête me laissa dans une totale indifférence. Quand ce fut fait, un homme d'une trentaine d'années m'emmena dans les rues. Ils furent six à m'entourer. Ils chantaient. Je n'éprouvais rien.

Mon père, derrière les volets, a dû me voir. La pharmacie était fermée pour cause de déshonneur.

On me ramena au dépôt du Champ de Mars. On me demanda ce que je voulais faire. Je dis que je n'avais pas d'avis. Alors on me conseilla de rentrer.

C'était minuit. J'ai escaladé le mur du jardin. Il faisait beau. Je me suis étendue afin de mourir sur l'herbe. Mais je ne suis pas morte. J'ai eu froid.

J'ai appelé Maman très longtemps... Vers deux heures du matin les volets se sont éclairés.

On me fit passer pour morte. Et j'ai vécu dans la cave de la pharmacie. Je pouvais voir les pieds des gens, et la nuit, la grande courbe de la place du Champ-de-Mars.

Je devins folle. De méchanceté. Je crachais, paraît-il, au visage de ma mère. Je n'ai que peu de souvenirs de cette période pendant laquelle mes cheveux ont repoussé. Sauf celui-ci que je crachais au visage de ma mère.

Puis, peu à peu, j'ai perçu la différence du jour et de la nuit. Que l'ombre gagnait l'angle des murs de la cave vers quatre heures et demie et que l'hiver, une fois, se termina.

La nuit, tard, parfois, on me permit de sortir encapuchonnée. Et seule. A bicyclette.

Mes cheveux ont mis un an à repousser. Je pense encore que si les gens qui m'ont tondue s'étaient souvenus du temps qu'il faut pour que les cheveux repoussent ils auraient hésité à me tondre. C'est par faute d'imagination des hommes que je fus déshonorée.

Un jour, ma mère est arrivée pour me nourrir, comme elle faisait d'habitude. Elle m'a annoncé que le moment était venu de m'en aller. Elle m'a donné de l'argent.

Je suis partie pour Paris à bicyclette. La route était longue mais il faisait chaud. L'été. Quand je suis arrivée à Paris, le surlendemain matin, le mot Hiroshima était sur tous les journaux. C'était une nouvelle sensationnelle. Mes cheveux avaient atteint une longueur décente. Personne ne fut tondu.

PORTRAIT DU JAPONAIS

C'est un homme d'une quarantaine d'années. Il est grand. Il a un visage assez « occidentalisé ».

Le choix d'un acteur japonais à type occidental doit être interprété de la façon suivante :

Un acteur japonais au type japonais très accusé risquerait de faire croire que c'est surtout parce que le héros est japonais que la Française est séduite par lui. Donc on retomberait, qu'on le veuille ou non, dans le piège de l'exotisme, et dans le racisme involontaire inhérent nécessairement à tout exotisme.

Il ne faut pas que le spectateur dise : « Que les Japonais sont donc séduisants! », mais qu'ils disent : « Que *cet homme-là* est donc séduisant! »

C'est pourquoi il vaut mieux atténuer la différence de type entre les deux héros. Si le spectateur n'oublie jamais qu'il s'agit d'un Japonais et d'une Française, la portée profonde du film n'existe plus. Si le spectateur l'oublie, cette portée profonde est atteinte.

Monsieur Butterfly n'a plus cours. De même Mademoiselle de Paris. Il faut tabler sur la fonction égalitaire du monde moderne. Et même tricher pour en rendre compte. Sans cela, quel intérêt y aurait-il à faire un film franco-japonais? Il faut que ce film *franco-japonais* n'apparaisse *jamais franco-japonais*, mais *anti-franco-japonais*. Ce serait là une victoire.

De profil, il pourrait presque être français. Front haut. Bouche large. Lèvres prononcées mais *dures*. Aucune mièvrerie dans le visage. Aucun angle sous lequel il apparaîtrait une imprécision (une indécision) des traits.

En somme, il est d'un type « international ». Il faudrait que sa séduction soit immédiatement reconnaissable par tout le monde comme étant celle des hommes qui sont arrivés à leur maturité sans fatigue prématurée, sans subterfuges.

Il est ingénieur. Il fait de la politique. Ce n'est pas par hasard. Les techniques sont internationales. Le jeu des coordonnées politiques l'est aussi. Cet homme est un homme moderne, déniaisé quant à l'essentiel. Il ne serait dépaysé profondément dans aucun pays du monde.

Il coïncide avec son âge, et physiquement, et moralement.

Il n'a pas « triché » avec la vie. Il n'a pas eu à le faire : c'est un homme que son existence a toujours intéressé et toujours suffisamment intéressé pour qu'il ne « traîne » par-derrière lui un mal de l'adolescence qui fait, si souvent, les hommes de quarante ans, des faux jeunes hommes encore à la recherche de ce qu'ils pourraient bien trouver à faire, pour *paraître* sûrs d'eux-mêmes. Lui, s'il n'est pas sûr de lui-même, c'est pour de bonnes raisons.

Il n'a pas de vraie coquetterie mais il n'est pas négligé non plus. *Il n'est pas coureur*. Il a une femme qu'il aime, deux enfants. Il aime cependant les femmes. Mais jamais il n'a fait une carrière « d'homme à femmes ». Il croit que ce genre de carrière-là est une carrière de « remplacement » méprisable, et de plus suspecte. Que celui qui n'a jamais connu l'amour d'une seule femme est passé à côté et de l'amour et même de la virilité.

C'est pour cela même qu'il vit avec cette jeune Française une aventure véritable, même si elle est de rencontre. C'est parce qu'il ne croit pas à la vertu des amours de rencontre qu'il vit avec la Française un amour de rencontre avec cette sincérité, cette violence.

PORTRAIT DE LA FRANÇAISE

Elle a trente-deux ans.

Elle est plus séduisante que belle.

On pourrait l'appeler elle aussi d'une certaine manière « The Look ». Tout, chez elle, de la parole, du mouvement, « en passe par le regard ».

Ce regard est oublieux de lui-même. Cette femme regarde pour son compte. Son regard ne consacre pas son comportement, il le déborde *toujours*.

Dans l'amour, sans doute, toutes les femmes ont de beaux yeux. Mais celle-ci, l'amour la jette dans le désordre de l'âme (choix volontairement stendhalien du terme) un peu plus avant que les autres femmes. Parce qu'elle est davantage que les autres femmes « amoureuse de l'amour même ».

Elle sait qu'on ne meurt pas d'amour. Elle a eu, au cours de sa vie, une splendide occasion de mourir d'amour. Elle n'est pas morte à Nevers. Depuis, et jusqu'à ce jour, à Hiroshima, où elle rencontre ce Japonais, elle traîne en elle, avec elle, le « vague à l'âme » d'une *sursitaire* à une chance unique de décider de son destin.

Ce n'est pas le fait d'avoir été tondue et déshonorée qui marque sa vie, c'est cet échec en question : elle n'est pas morte d'amour le 2 août 1944, sur ce quai de Loire.

Ceci n'est pas contradictoire à son attitude à Hiroshima avec le Japonais. Au contraire, ceci est en relation directe avec son attitude avec ce Japonais... Ce qu'elle raconte au Japonais, c'est cette chance qui, en même temps qu'elle l'a perdue, l'a définie.

Le récit qu'elle fait de cette chance perdue la transporte littéralement hors d'elle-même et la porte vers cet homme nouveau.

Se livrer corps et âme, c'est ça.

C'est là l'équivalence non seulement d'une possession amoureuse, mais d'un *mariage.*

Elle livre à ce Japonais — *à Hiroshima* — ce qu'elle a de plus cher au monde, son expression actuelle même, sa *survivance* à la mort de son amour, *à Nevers.*

OUVRAGES DE MARGUERITE DURAS

LES IMPUDENTS (1943, *roman*, Plon — 1992, Gallimard, Folio n° 2325).

LA VIE TRANQUILLE (1944, *roman*, Gallimard, Folio n° 1341).

UN BARRAGE CONTRE LE PACIFIQUE (1950, *roman*, Gallimard, Folio n° 882).

LE MARIN DE GIBRALTAR (1950, *roman*, Gallimard, Folio n° 943).

LES PETITS CHEVAUX DE TARQUINIA (1953, *roman*, Gallimard, Folio n° 187).

DES JOURNÉES ENTIÈRES DANS LES ARBRES, *suivi de* LE BOA — MADAME DODIN — LES CHANTIERS (1954, *récits*, Gallimard, Folio n° 2993).

LE SQUARE (1955, *roman*, Gallimard, Folio n° 2136).

MODERATO CANTABILE (1958, *roman*, éditions de Minuit).

LES VIADUCS DE LA SEINE-ET-OISE (1959, *roman*, Gallimard).

DIX HEURE ET DEMIE DU SOIR EN ÉTÉ (1960, *roman*, Gallimard, Folio n° 1699).

HIROSHIMA MON AMOUR (1950, *scénario et dialogues*, Gallimard, Folio n° 9).

UNE AUSSI LONGUE ABSENCE (1961, *scénario et dialogues, en collaboration avec Gérard Jarlot*, Gallimard).

L'APRÈS-MIDI DE MONSIEUR ANDESMAS (1962, *récit*, Gallimard).

LE RAVISSEMENT DE LOL V. STEIN (1964, *roman*, Gallimard, Folio n° 810).

THÉÂTRE I : LES EAUX ET FORÊTS — LE SQUARE — LA MUSICA (1965, Gallimard).

LE VICE-CONSUL (1965, *roman*, Gallimard, L'Imaginaire n° 168).

LA MUSICA (1966, *film coréalisé par* Paul Seban, distr. Artistes associés).

L'AMANTE ANGLAISE (1967, *roman*, Gallimard, L'Imaginaire n° 168).

L'AMANTE ANGLAISE (1968, *théâtre*, Cahiers du théâtre national populaire).

THÉÂTRE II : SUZANNA ANDLER — DES JOURNÉES ENTIÈRES DANS LES ARBRES — YES, PEUT-ÊTRE — LE SHAGA — UN HOMME EST VENU ME VOIR (1968, Gallimard).

DÉTRUIRE, DIT-ELLE (1969, éditions de Minuit).

DÉTRUIRE, DIT-ELLE (1969, *film*, distr. Benoît-Jacob).

ABAHN SABANA DAVID (1970, Gallimard, L'Imaginaire n° 418).

L'AMOUR (1971, Gallimard, Folio n° 2418).

JAUNE LE SOLEIL (1971, *film*, distr. Benoît-Jacob).

NATHALIE GRANGER (1972, *film*, distr. Films Moullet et Compagnie).

NATHALIE GRANGER suivi de LA FEMME DU GANGE (1973, Gallimard).

INDIA SONG (1973, *texte, théâtre, film,* Gallimard, L'Imaginaire n° 263).

LA FEMME DU GANGE (1973, *film*, distr. Benoît-Jacob).

LES PARLEUSES (1974, *entretiens avec* Xavière Gauthier, éditions de Minuit).

INDIA SONG (1975, *film*, distr. Films Sunshine Productions).

BAXTER, VERA BAXTER (1976, *film*, distr. Sunshine Productions).

SON NOM DE VENISE DANS CALCUTTA DÉSERT (1976, *film*, distr. D.D. productions).

DES JOURNÉES ENTIÈRES DANS LES ARBRES (1976, *film*, distr. Benoît-Jacob, Folio n° 2993).

LE CAMION (1977, *film*, distr. D.D. Prod).

LE CAMION suivi de ENTRETIEN AVEC MICHELLE PORTE (1977, *en collaboration avec* Michelle Porte, éditions de Minuit).

L'ÉDEN CINÉMA (1977, *théâtre*, Mercure de France, Folio n° 2051, 1999, Gallimard, Théâtre IV).

LE NAVIRE NIGHT suivi de CÉSARÉE, LES MAINS NÉGATIVES, AURÉLIA STEINER, AURÉLIA STEINER, AURÉLIA STEINER (1979, Mercure de France, Folio n° 2009).

LE NAVIRE NIGHT (1979, *film*, distr. Films du Losange).

CÉSARÉE (1979, *film*, distr. Benoît Jacob).

LES MAINS NÉGATIVES (1979, *film*, distr. Benoît Jacob).

AURÉLIA STEINER dit AURÉLIA MELBOURNE (1979, *film*, distr. Benoît Jacob).

AURÉLIA STEINER dit AURÉLIA VANCOUVER (1979, *film*, distr. Benoît Jacob).

VERA BAXTER OU LES PLAGES DE L'ATLANTIQUE (1980, éditions Albatros. Jean Mascolo et éditions Gallimard, 1999, Théâtre IV).

L'ÉTÉ 80 (1980, *récit*, éditions de Minuit).

L'HOMME ASSIS DANS LE COULOIR (1980, *récit*, éditions de Minuit).

LES YEUX VERTS (1980, Cahiers du Cinéma).

AGATHA (1981, éditions de Minuit).

AGATHA ET LES LECTURES ILLIMITÉES (1981, *film*, distr. Benoît Jacob).

OUTSIDE (1981, Albin Michel, rééd. P.O.L 1984, Folio n° 2755).

LA JEUNE FILLE ET L'ENFANT (1981, *cassette*, Des Femmes éd. Adaptation de l'ÉTÉ 80 par Yann Andréa, lue par Marguerite Duras).

DIALOGUE DE ROME (1982, *film*, prod. Coop. Longa Gittata, Rome).

L'HOMME ATLANTIQUE (1981, *film*, distr. Benoît Jacob).

L'HOMME ATLANTIQUE (1982, *récit*, éditions de Minuit).

SAVANNAH BAY (1re éd., 2e éd. augmentée, 1983, éditions de Minuit).

LA MALADIE DE LA MORT (1982, *récit*, éditions de Minuit).

THÉÂTRE III : LA BÊTE DANS LA JUNGLE, d'après Henry James, adaptation de James Lord et Marguerite Duras — LES PAPIERS D'ASPERN, d'après Henry James, adaptation de Marguerite Duras et Robert Antelme — LA DANSE DE MORT, d'après August Strindberg, adaptation de Marguerite Duras (1984, Gallimard).

L'AMANT (1984, Éditions de Minuit).

LA DOULEUR (1985, P.O.L, Folio n° 2469).

LA MUSICA DEUXIÈME (1985, Gallimard).

LA MOUETTE DE TCHEKHOV (1985, Gallimard, 1999, Gallimard, Théâtre IV).

LES ENFANTS, avec Jean Mascolo et Jean-Marc Turine (1985, *film*, distr. Benoît Jacob).

LES YEUX BLEUS, LES CHEVEUX NOIRS (1986, *roman*, éditions de Minuit).

LA PUTE DE LA CÔTE NORMANDE (1986, éditions de Minuit).

LA VIE MATÉRIELLE (1987, P.O.L, 1994, Gallimard, Folio n° 2623).

EMILY L. (1987, *roman*, éditions de Minuit).

LA PLUIE D'ÉTÉ (1990, P.O.L, 1994, Gallimard, Folio nº 2568).

L'AMANT DE LA CHINE DU NORD (1991, Gallimard, Folio nº 2509).

LE THÉÂTRE DE L'AMANTE ANGLAISE (1991, Gallimard ; 1999, Gallimard Théâtre IV ; L'Imaginaire nº 265).

YANN ANDRÉA STEINER (1992, P.O.L).

ÉCRIRE (1993, Gallimard, Folio nº 2754).

LE MONDE EXTÉRIEUR (1993, P.O.L).

C'EST TOUT (1995, P.O.L).

LA MER ÉCRITE, photographies de Hélène Bamberger (1996, Marval).

THÉÂTRE IV : VERA BAXTER — L'EDEN CINÉMA — LE THÉÂTRE DE L'AMANTE ANGLAISE — Adaptations de HOME — LA MOUETTE (1999, Gallimard).

Œuvres réunies

ROMANS, CINÉMA, THÉÂTRE, UN PARCOURS 1943-1994 (1997, Gallimard, Quarto).

Adaptations

LA BÊTE DANS LA JUNGLE, d'après une nouvelle de Henry James. Adaptation de James Lord et de Marguerite Duras (1984, Gallimard, Théâtre III).

LA DANSE DE MORT, d'August Strindberg. Adaptation de Marguerite Duras (1984, Gallimard, Théâtre III).

MIRACLE EN ALABAMA de William Gibson. Adaptation de Marguerite Duras et Gérard Jarlot (1963, L'Avant-Scène).

LES PAPIERS D'ASPERN de Michael Redgrave d'après une nouvelle de Henry James. Adaptation de Marguerite Duras et Robert Antelme (1970, Éd. Paris-Théâtre, 1984, Gallimard, Théâtre III).

HOME de David Storey. Adaptation de Marguerite Duras (1999, Gallimard, Théâtre IV).

LA MOUETTE d'Anton Tchekhov (1985, Gallimard ; 1999, Gallimard, Théâtre IV).

OUVRAGES SUR MARGUERITE DURAS PARUS AUX ÉDITIONS GALLIMARD

Laure Adler, MARGUERITE DURAS (Gallimard, 1998).

M.-P. Fernandes, TRAVAILLER AVEC DURAS (Gallimard, 1986).

M.-Th. Ligot, UN BARRAGE CONTRE LE PACIFIQUE (Foliothèque n° 18).

M. Borgomano, LE RAVISSEMENT DE LOL V. STEIN (Foliothèque n° 60).

J. Kristeva, *« La maladie de la douleur : Duras »* in SOLEIL NOIR : DÉPRESSION ET MÉLANCOLIE (Folio Essais n° 123).

COLLECTION FOLIO

Dernières parutions

3711. Jonathan Coe	*Les Nains de la Mort.*
3712. Annie Ernaux	*Se perdre.*
3713. Marie Ferranti	*La fuite aux Agriates.*
3714. Norman Mailer	*Le Combat du siècle.*
3715. Michel Mohrt	*Tombeau de La Rouërie.*
3716. Pierre Pelot	*Avant la fin du ciel.*
3718. Zoé Valdès	*Le pied de mon père.*
3719. Jules Verne	*Le beau Danube jaune.*
3720. Pierre Moinot	*Le matin vient et aussi la nuit.*
3721. Emmanuel Moses	*Valse noire.*
3722. Maupassant	*Les Sœurs Rondoli* et autres nouvelles.
3723. Martin Amis	*Money, money.*
3724. Gérard de Cortanze	*Une chambre à Turin.*
3725. Catherine Cusset	*La haine de la famille.*
3726. Pierre Drachline	*Une enfance à perpétuité.*
3727. Jean-Paul Kauffmann	*La Lutte avec l'Ange.*
3728. Ian McEwan	*Amsterdam.*
3729. Patrick Poivre d'Arvor	*L'Irrésolu.*
3730. Jorge Semprun	*Le mort qu'il faut.*
3731. Gilbert Sinoué	*Des jours et des nuits.*
3732. Olivier Todd	*André Malraux. Une vie.*
3733. Christophe de Ponfilly	*Massoud l'Afghan.*
3734. Thomas Gunzig	*Mort d'un parfait bilingue.*
3735. Émile Zola	*Paris.*
3736. Félicien Marceau	*Capri petite île.*
3737. Jérôme Garcin	*C'était tous les jours tempête.*
3738. Pascale Kramer	*Les Vivants.*
3739. Jacques Lacarrière	*Au cœur des mythologies.*
3740. Camille Laurens	*Dans ces bras-là.*
3741. Camille Laurens	*Index.*
3742. Hugo Marsan	*Place du Bonheur.*
3743. Joseph Conrad	*Jeunesse.*
3744. Nathalie Rheims	*Lettre d'une amoureuse morte.*

3745. Bernard Schlink — *Amours en fuite.*
3746. Lao She — *La cage entrebâillée.*
3747. Philippe Sollers — *La Divine Comédie.*
3748. François Nourissier — *Le musée de l'Homme.*
3749. Norman Spinrad — *Les miroirs de l'esprit.*
3750. Collodi — *Les Aventures de Pinocchio.*
3751. Joanne Harris — *Vin de bohème.*
3752. Kenzaburô Ôé — *Gibier d'élevage.*
3753. Rudyard Kipling — *La marque de la Bête.*
3754. Michel Déon — *Une affiche bleue et blanche.*
3755. Hervé Guibert — *La chair fraîche.*
3756. Philippe Sollers — *Liberté du* XVIIIème.
3757. Guillaume Apollinaire — *Les Exploits d'un jeune don Juan.*
3758. William Faulkner — *Une rose pour Emily* et autres nouvelles.
3759. Romain Gary — *Une page d'histoire.*
3760. Mario Vargas Llosa — *Les chiots.*
3761. Philippe Delerm — *Le Portique.*
3762. Anita Desai — *Le jeûne et le festin.*
3763. Gilles Leroy — *Soleil noir.*
3764. Antonia Logue — *Double cœur.*
3765. Yukio Mishima — *La musique.*
3766. Patrick Modiano — *La Petite Bijou.*
3767. Pascal Quignard — *La leçon de musique.*
3768. Jean-Marie Rouart — *Une jeunesse à l'ombre de la lumière.*
3769. Jean Rouaud — *La désincarnation.*
3770. Anne Wiazemsky — *Aux quatre coins du monde.*
3771. Lajos Zilahy — *Le siècle écarlate. Les Dukay.*
3772. Patrick McGrath — *Spider.*
3773. Henry James — *Le Banc de la désolation.*
3774. Katherine Mansfield — *La Garden-Party* et autres nouvelles.
3775. Denis Diderot — *Supplément au Voyage de Bougainville.*
3776. Pierre Hebey — *Les passions modérées.*
3777. Ian McEwan — *L'Innocent.*
3778. Thomas Sanchez — *Le Jour des Abeilles.*
3779. Federico Zeri — *J'avoue m'être trompé. Fragments d'une autobiographie.*

3780. François Nourissier — *Bratislava.*
3781. François Nourissier — *Roman volé.*
3782. Simone de Saint-Exupéry — *Cinq enfants dans un parc.*
3783. Richard Wright — *Une faim d'égalité.*
3784. Philippe Claudel — *J'abandonne.*
3785. Collectif — *«Leurs yeux se rencontrèrent...». Les plus belles premières rencontres de la littérature.*
3786. Serge Brussolo — *«Trajets et itinéraires de l'oubli».*
3787. James M. Cain — *Faux en écritures.*
3788. Albert Camus — *Jonas ou l'artiste au travail* suivi de *La pierre qui pousse.*
3789. Witold Gombrovicz — *Le festin chez la comtesse Fritouille* et autres nouvelles.
3790. Ernest Hemingway — *L'étrange contrée.*
3791. E. T. A Hoffmann — *Le Vase d'or.*
3792. J. M. G. Le Clezio — *Peuple du ciel* suivi de *Les Bergers.*
3793. Michel de Montaigne — *De la vanité.*
3794 Luigi Pirandello — *Première nuit et autres nouvelles.*
3795. Laure Adler — *À ce soir.*
3796. Martin Amis — *Réussir.*
3797. Martin Amis — *Poupées crevées.*
3798. Pierre Autin-Grenier — *Je ne suis pas un héros.*
3799. Marie Darrieussecq — *Bref séjour chez les vivants.*
3800. Benoît Duteurtre — *Tout doit disparaître.*
3801. Carl Friedman — *Mon père couleur de nuit.*
3802. Witold Gombrowicz — *Souvenirs de Pologne.*
3803. Michel Mohrt — *Les Nomades.*
3804. Louis Nucéra — *Les Contes du Lapin Agile.*
3805. Shan Sa — *La joueuse de go.*
3806. Philippe Sollers — *Éloge de l'infini.*
3807. Paule Constant — *Un monde à l'usage des Demoiselles.*
3808. Honoré de Balzac — *Un début dans la vie.*
3809. Christian Bobin — *Ressusciter.*
3810. Christian Bobin — *La lumière du monde.*
3811. Pierre Bordage — *L'Évangile du Serpent.*

3812. Raphaël Confiant	*Brin d'amour.*
3813. Guy Goffette	*Un été autour du cou.*
3814. Mary Gordon	*La petite mort.*
3815. Angela Huth	*Folle passion.*
3816. Régis Jauffret	*Promenade.*
3817. Jean d'Ormesson	*Voyez comme on danse.*
3818. Marina Picasso	*Grand-père.*
3819. Alix de Saint-André	*Papa est au Panthéon.*
3820. Urs Widmer	*L'homme que ma mère a aimé.*
3821. George Eliot	*Le Moulin sur la Floss.*
3822. Jérôme Garcin	*Perspectives cavalières.*
3823. Frédéric Beigbeder	*Dernier inventaire avant liquidation.*
3824. Hector Bianciotti	*Une passion en toutes Lettres.*
3825. Maxim Biller	*24 heures dans la vie de Mordechaï Wind.*
3826. Philippe Delerm	*La cinquième saison.*
3827. Hervé Guibert	*Le mausolée des amants.*
3828. Jhumpa Lahiri	*L'interprète des maladies.*
3829. Albert Memmi	*Portrait d'un Juif.*
3830. Arto Paasilinna	*La douce empoisonneuse.*
3831. Pierre Pelot	*Ceux qui parlent au bord de la pierre (Sous le vent du monde, V).*
3832. W.G Sebald	*Les émigrants.*
3833. W.G Sebald	*Les Anneaux de Saturne.*
3834. Junichirô Tanizaki	*La clef.*
3835 Cardinal de Retz	*Mémoires.*
3836 Driss Chraïbi	*Le Monde à côté.*
3837 Maryse Condé	*La Belle Créole.*
3838 Michel del Castillo	*Les étoiles froides.*
3839 Aïssa Lached-Boukachache	*Plaidoyer pour les justes.*
3840 Orhan Pamuk	*Mon nom est Rouge.*
3841 Edwy Plenel	*Secrets de jeunesse.*
3842 W. G. Sebald	*Vertiges.*
3843 Lucienne Sinzelle	*Mon Malagar.*
3844 Zadie Smith	*Sourires de loup.*
3845 Philippe Sollers	*Mystérieux Mozart.*
3846 Julie Wolkenstein	*Colloque sentimental.*
3847 Anton Tchékhov	*La Steppe. Salle 6. L'Évêque.*

3884 Hitonari Tsuji *La lumière du détroit.*
3885 Maupassant *Le Père Milon.*
3886 Alexandre Jardin *Mademoiselle Liberté.*
3887 Daniel Prévost *Coco belles-nattes.*
3888 François Bott *Radiguet. L'enfant avec une canne.*
3889 Voltaire *Candide ou l'Optimisme.*
3890 Robert L. Stevenson *L'Étrange Cas du docteur Jekyll et de M. Hyde.*
3891 Daniel Boulanger *Talbard.*
3892 Carlos Fuentes *Les années avec Laura Díaz.*
3894 André Dhôtel *Idylles.*
3895 André Dhôtel *L'azur.*
3896 Ponfilly *Scoops.*
3897 Tchinguiz Aïtmatov *Djamilia.*
3898 Julian Barnes *Dix ans après.*
3899 Michel Braudeau *L'interprétation des singes.*
3900 Catherine Cusset *À vous.*
3901 Benoît Duteurtre *Le voyage en France.*
3902 Annie Ernaux *L'occupation.*
3903 Romain Gary *Pour Sgnanarelle.*
3904 Jack Kerouac *Vraie blonde, et autres.*
3905 Richard Millet *La voix d'alto.*
3906 Jean-Christophe Rufin *Rouge Brésil.*
3907 Lian Hearn *Le silence du rossignol.*
3908 Kaplan *Intelligence.*
3909 Ahmed Abodehman *La ceinture.*
3910 Jules Barbey d'Aurevilly *Les diaboliques.*
3911 George Sand *Lélia.*
3912 Amélie de Bourbon Parme *Le sacre de Louis XVII.*
3913 Erri de Luca *Montedidio.*
3914 Chloé Delaume *Le cri du sablier.*
3915 Chloé Delaume *Les mouflettes d'Atropos.*
3916 Michel Déon *Taisez-vous... J'entends venir un ange.*
3917 Pierre Guyotat *Vivre.*
3918 Paula Jacques *Gilda Stambouli souffre et se plaint.*
3919 Jacques Rivière *Une amitié d'autrefois.*
3920 Patrick McGrath *Martha Peake.*

3921	Ludmila Oulitskaia	*Un si bel amour.*
3922	J.-B. Pontalis	*En marge des jours.*
3923	Denis Tillinac	*En désespoir de causes.*
3924	Jerome Charyn	*Rue du Petit-Ange.*
3925	Stendhal	*La Chartreuse de Parme.*
3926	Raymond Chandler	*Un mordu.*
3927	Collectif	*Des mots à la bouche.*
3928	Carlos Fuentes	*Apollon et les putains.*
3929	Henry Miller	*Plongée dans la vie nocturne.*
3930	Vladimir Nabokov	*La Vénitienne* précédé d'*Un coup d'aile.*
3931	Ryûnosuke Akutagawa	*Rashômon* et autres contes.
3932	Jean-Paul Sartre	*L'enfance d'un chef.*
3933	Sénèque	*De la constance du sage.*
3934	Robert Louis Stevenson	*Le club du suicide.*
3935	Edith Wharton	*Les lettres.*
3936	Joe Haldeman	*Les deux morts de John Speidel.*
3937	Roger Martin du Gard	*Les Thibault I.*
3938	Roger Martin du Gard	*Les Thibault II.*
3939	François Armanet	*La bande du drugstore.*
3940	Roger Martin du Gard	*Les Thibault III.*
3941	Pierre Assouline	*Le fleuve Combelle.*
3942	Patrick Chamoiseau	*Biblique des derniers gestes.*
3943	Tracy Chevalier	*Le récital des anges.*
3944	Jeanne Cressanges	*Les ailes d'Isis.*
3945	Alain Finkielkraut	*L'imparfait du présent.*
3946	Alona Kimhi	*Suzanne la pleureuse.*
3947	Dominique Rolin	*Le futur immédiat.*
3948	Philip Roth	*J'ai épousé un communiste.*
3949	Juan Rulfo	*Llano en flammes.*
3950	Martin Winckler	*Légendes.*
3951	Fédor Dostoievski	*Humiliés et offensés.*
3952	Alexandre Dumas	*Le Capitaine Pamphile.*
3953	André Dhôtel	*La tribu Bécaille.*
3954	André Dhôtel	*L'honorable Monsieur Jacques.*
3955	Diane de Margerie	*Dans la spirale.*
3956	Serge Doubrovski	*Le livre brisé.*
3957	La Bible	*Genèse.*
3958	La Bible	*Exode.*
3959	La Bible	*Lévitique-Nombres.*
3960	La Bible	*Samuel.*